Philippe Delerm

La bulle
de Tiepolo

Gallimard

Philippe Delerm est né le 27 novembre 1950 à Auvers-sur-Oise. Ses parents étaient instituteurs et il a passé son enfance dans des « maisons d'école » à Auvers, à Louveciennes, à Saint-Germain.

Après des études de lettres, il enseigne en Normandie, où il vit depuis 1975. Il a reçu le prix Alain-Fournier 1990 pour *Autumn* (Folio n° 3166), le prix Grandgousier 1997 pour *La première gorgée de bière et autres plaisirs minuscules*, le prix des Libraires 1997 et le prix national des Bibliothécaires 1997 pour *Sundborn ou les jours de lumière* (Folio n° 3041).

Si tout cela vous semble maintenant beau à voir, c'est que Chardin l'a trouvé beau à peindre. Et il l'a trouvé beau à peindre parce qu'il le trouvait beau à voir. Le plaisir que vous donne sa peinture d'une chambre où l'on coud, d'une office, d'une cuisine, d'un buffet, c'est, saisi au passage, dégagé de l'instant, approfondi, éternisé, le plaisir que lui donnait la vue d'un buffet, d'une cuisine, d'une chambre où l'on coud. Ils sont si inséparables l'un de l'autre que, s'il n'a pas pu s'en tenir au premier et qu'il a voulu se donner et donner aux autres le second, vous ne pourrez pas vous en tenir au second et vous reviendrez forcément au premier.

MARCEL PROUST,
Nouveaux Mélanges

Des femmes passent dans la rue, différentes de celles d'autrefois, puisque ce sont des Renoir, ces Renoir où nous nous refusions jadis à voir des femmes.

MARCEL PROUST,
Le Côté de Guermantes

Deux femmes assises sur une espèce de sofa, ou de lit — on ne distingue pas nettement les formes de l'étoffe rouge sang. L'une d'elles, nue, s'appuie sur son bras droit, au premier plan. Le visage contre l'épaule, elle regarde quelque chose que lui montre sa voisine : une image, une photo, un carnet de croquis ? La seconde femme est vêtue d'une robe noire. Elle semble plus âgée que la première. Le détail des visages ne le dit pas — les traits sont esquissés dans un même ovale allongé, mais aucun détail, comme dans un Matisse, ou un Marie Laurencin. Non, c'est plutôt leur position qui dit cela, la souplesse nonchalante de la femme nue, le buste un peu en arrière, les jambes allongées sur le sofa, tandis que l'autre est assise sagement, plus ferme dans son attitude. Sur ses genoux, la femme habillée a posé ce qui doit être un

11

tableau, mais, là aussi, la facture est trop floue pour permettre de l'affirmer. À la main, elle tient ce carnet vers quoi les regards penchés convergent. Il y a un avis à donner, une réflexion suggérée, mais c'est juste avant, dans le silence. La quiétude de la scène est extraordinaire. Le fond reste incertain. Des tentures, du papier peint sans doute, des plantes vertes peut-être, mais on ne distingue pas les frontières. Cela flotte dans des verts sombres, des rouges chauds, des jaunes-bruns, comme une chambre d'enfant lévitant dans le vertige de la fièvre, contours abolis, formes mouvantes, un dedans faussement ouaté dont les multiples épaisseurs laissent filtrer tous les souffles du dehors — une chambre au fond d'une forêt.

Il s'approcha. À bien y regarder, les rôles n'étaient pas distribués avec tant d'évidence. Bien sûr il s'agissait de peinture, bien sûr la jeune femme nue était un modèle, ou bien avait posé. Mais l'autre à ses côtés ne paraissait plus si rigide — plutôt sereinement posée au bord du lit-sofa. Portait-elle une robe noire, ou bien une espèce de kimono sanglé, ou même un tablier ? Alors, modèle elle-même, ou peintre, ou autre chose ? On n'avait pas envie de savoir. Toutes les questions ne venaient à l'esprit que pour la satisfaction confirmée de ne pas trouver de réponse.

Il sourit. Pourquoi s'interroger ainsi à propos d'un tableau, lui dont c'était le métier de ne s'intéresser qu'au style du peintre, à la touche, au regard ? Mais il n'y pouvait rien. Dans le capharnaüm de la brocante étalée sur les trottoirs de la rue de Bretagne, il avait d'abord flâné sans conviction, feuilletant des piles de *Miroir-Sprint* ou de *Cinémonde*, à la recherche vague d'un exploit ou d'un émoi ancien, s'accroupissant çà et là pour fouiller dans des cartons de vieux bouquins humides. La chaleur lourde de ce dernier samedi de mai faisait penser au début de Roland-Garros, et c'était un peu comme si tous les bruits de Paris avaient pris cette matité de la petite balle jaune rebondissant sur l'ocre de la terre battue, tous les gestes cette ampleur et cette régularité métronomique des revers et des coups droits distillés dans l'espace des premiers vrais beaux jours.

Il aimait ce tableau. La facture lui paraissait évidente, entre Matisse, Bonnard, Vuillard. Le sujet l'intriguait, tableau dans le tableau. Une interrogation silencieuse sur des formes, des attitudes, la justesse d'une représentation du monde — l'objet même de sa propre quête. Le nom du peintre ne lui disait rien. Il jeta un coup d'œil sur l'ensemble du stand. Il y avait trois ou quatre toiles posées sur une commode, une table, une chaise, sans aucun rapport de style entre elles. Le bric-à-brac des meubles dispersés, des *Paris-Match* empilés, ne trahissait aucune prédilection pour la peinture. Il se tourna vers le brocanteur, prononça à haute voix le nom de l'artiste sur un mode interrogatif. Avec le détachement bougon propre aux usages mâles de sa profession, le vendeur avoua ne pas avoir de renseignement précis, mais savoir de source sûre que l'auteur de la toile avait côtoyé les plus grands. Un petit regard en dessous pour soupeser la possible érudition de son client, puis sur un ton presque irrité :

— Mais je n'ai pas besoin de vous dire ça. Vous voyez bien la qualité du trait. Ça ne peut pas être le travail de n'importe qui.

Huit cents euros. C'était le prix sur l'étiquette collée à même le cadre. Un prix curieux. Trop cher pour une croûte, trop bon marché pour une œuvre référencée. Une absence de prix, en fait. Il dodelina de la tête, resta un long moment perplexe face à la toile.

— Je repasserai peut-être tout à l'heure.

Déjà il s'en allait. Déjà il regrettait de ne pas s'être décidé. Mais le regret faisait partie du jeu, en équilibre entre le risque et le désir.

Elle ne pouvait pas y croire. Ces quelques lettres noires, à gauche, en bas, sur le fond rouge. Trois centimètres à peine, trois centimètres dans l'effervescence d'une ville étrangère, trois centimètres parmi des centaines de meubles, de bouquins, de jouets de toutes sortes dispersés sur les trottoirs. Elle pensait se distraire entre deux rendez-vous, et voilà que tout changeait de perspective. Rossini. Avant la signature, elle avait été happée par le tableau. Un inconnu familier, l'impression non pas de voir mais de reconnaître — pourquoi ? À l'évidence, une toile du début du vingtième, un type de peinture qui ne lui parlait pas particulièrement, d'un intimisme un peu trop confiné, presque étouffant. Pourtant, elle s'était sentie attirée par le mystère de la scène, et puis par autre chose — quoi ? Le sentiment étrange de retrouver des codes,

des comportements qui ne lui appartenaient pas, mais qu'elle pouvait pénétrer avec une aisance déroutante.

Oui, elle aurait pu être cette jeune femme nue, et aussi sa compagne. Elle n'aurait pas imaginé poser, mais elle sentait du plus profond d'elle ce moment juste après, la conversation à propos d'une esquisse, cette façon d'appartenir à l'univers de la création sans en être nécessairement l'auteur — les liens fragiles qui se tissent alors, dans la désinvolture des gestes, des paroles, des postures. Elle se dit qu'on aurait pu retrouver cela aujourd'hui, dans l'apparente pagaille d'un tournage de cinéma — l'empressement de l'assistant réalisateur qui va chercher des cafés, et le goût du café fait partie du film ; ou bien dans l'enregistrement d'un disque au fond d'un studio capitonné, l'intensité des prises de son ne gagnant sens qu'en alternance avec des blagues de potaches mêlant chanteur, techniciens, musiciens, dans une confusion collective nécessaire à l'ébauche d'un résultat singulier.

Machinalement alors, ce réflexe de regarder en bas à gauche, et ce nom tellement invraisemblable qu'il aurait dû faire lever en elle un doute. Mais non. Elle ressentit distinctement la perfection de cet instant, rue de

Bretagne, à un peu plus de seize heures, le long du square, soleil de mai. Tout autour d'elle, le tourbillon léger de ces passants qui cherchaient sans chercher. Et elle qui cherchait sans le savoir, étourdie par son présent, et soudain rendue à des profondeurs abyssales. Rossini. Un nom qu'on ne prononçait plus chez elle, le nom d'un abandon, d'une brûlure. Le nom d'un homme qui avait fait de la peinture, mais dont elle ne connaissait pas une toile. Et cependant, en découvrant le tableau sous la bâche verte du stand, cette proximité tranquille, comme on pousse la porte entrouverte d'un jardin abandonné, comme on s'avance dans les allées gagnées d'herbes folles. On sait qu'on n'est jamais venu, pourtant on se retrouve.

Pour la seconde fois en moins d'une heure, le brocanteur dut répondre à des questions sur cet artiste dont il ne savait rien — un lot disparate, acquis huit jours auparavant pour une somme dérisoire. Dans le français très bien maîtrisé de la jeune Italienne qui l'interrogeait, il ne percevait plus la seule motivation artistique, mais une curiosité compulsive dont il saisissait mal l'enjeu. Il lui parut inconvenant de ne pas rester évasif. D'ailleurs elle ne discutait pas le prix, fouillait dans son sac, sortait fébrilement sa carte bancaire.

Huit cents euros. Le vendeur pensait avoir eu la main un peu lourde, et voilà qu'il se prenait à regretter de n'avoir pas été plus audacieux, à se demander même s'il n'avait pas commis une sacrée bourde. Rossini. Il faudra que je me renseigne. Du papier kraft, une grosse ficelle. Et cette silhouette brune qui s'éloigne, pull sur l'épaule, son Rossini sous le bras.

Un si joli petit livre. Ce furent les mots qui lui vinrent en découvrant la haute pile de volumes à la Fnac Montparnasse, au rayon « meilleures ventes ». *Un si joli petit livre* : le titre d'un savoureux recueil de Claude Pujade-Renaud, paru quelques années auparavant, dont la nouvelle éponyme racontait comment la narratrice, fêtant la publication de son dernier opus avec sa famille et des amis, se sentait de plus en plus mortifiée, au fil de la soirée, par les commentaires de ses invités. Personne n'évoquait le contenu du livre, mais chacun y allait de son couplet sur le raffinement de sa présentation. Ulcérée, elle revenait dans sa cuisine pour surveiller la cuisson du pot-au-feu, et une idée perverse la traversait : ces pages jaunes délicatement vergées sur lesquelles on avait imprimé sa prose, oui, c'était bien la couleur de son bouillon.

Avec une jubilatoire férocité, elle en glissait un exemplaire dans la marmite en disant à peu près : « Ah ! un si joli petit livre ! Eh bien, ils vont en bouffer ! »

Un sourire ironique lui monta aux lèvres au souvenir de cette lecture. Peut-être une manière de se défendre aussi contre une incontestable stupéfaction. Parvenu au deuxième étage, il s'était approché du comptoir où les vendeurs du département littérature dispensaient leurs indications laconiques et comme résignées. Il avait l'habitude de s'approcher de cet autel pour s'enquérir de titres pointus, d'éditeurs confidentiels, conscient d'honorer ses interlocuteurs par l'exigence de sa demande. Une certaine vendeuse aux cheveux courts, très pâle et mince, petites lunettes rondes, le stupéfiait toujours par sa faculté à réagir avec une immédiate évidence à des références plutôt souterraines. Il ne pensait pas déroger à ce jeu de mutuelle estime anonyme en articulant les deux mots dont il ressentait l'étrangeté au moment de les prononcer : *Granité café*. Cette fois, la vendeuse ne l'accompagnait pas vers un rayonnage lointain, avec la lenteur et l'humilité protocolaires. Elle lui désignait sans mépris apparent la table la plus opulente, juste en face de l'escalator. Certes, *Granité café* ne ressemblait guère à ses voisins immédiats, volumineux parallélépipèdes rectangles, bariolés et glacés receleurs de sagas égyptiennes, chinoises ou médiévales. Mais la taille de la pile n'en semblait que plus antinomique avec la structure de l'objet.

Un petit format, presque carré. Une jaquette tabac clair. Ornella Malese : le nom que la jeune femme au tableau lui avait donné était imprimé en caractères discrets, de la même taille que ceux du titre. En bas, la silhouette noire d'un lecteur assis, minuscule, et le nom de l'éditeur, autour de lui, en arrondi : Le Promeneur. Il reconnaissait là la marque distinctive de cette maison d'édition qui évoquait à ses yeux le raffinement absolu. L'apparence physique des livres d'abord, cette perfection mystérieuse et qui tient à quelques millimètres dans la disposition des lettrages et des signes, à quelques grammes dans la consistance des papiers — cela semble un choix matériel, mais des siècles de civilisation sont abolis ou révélés par ce langage-là. Et puis la philosophie de l'éditeur. Il affectionnait particulièrement la collection « Le Cabinet des lettrés », dont la profession de foi, imprimée dans chaque volume, contenait ces deux phrases qu'il avait apprises par cœur : « Leurs choix ne correspondent jamais à ceux des marchands, des professeurs ni des académies. Ils ne respectent pas le goût des autres et vont se loger plutôt dans les interstices et les replis, la solitude, les oublis, les confins du temps, les mœurs passionnées, les zones d'ombre. »

La solitude, les oublis, les interstices et les replis. C'était tout ce qu'il cherchait dans les livres et dans sa vie. Comment un titre du Promeneur pouvait-il s'étaler ainsi dans une promiscuité affligeante avec les meilleures ventes ? Un très joli petit livre, oui, mais l'irritation montait en lui, s'adressait à la fois à l'éditeur et à l'auteur. Ce n'était pas tout à fait la maquette habituelle. Le Promeneur n'habillait pas d'habitude ses livres de jaquettes — même s'il fallait reconnaître l'élégante sobriété de celle-ci, jouant sur un camaïeu esthético-sémantique entre sa tonalité brune, ses aspérités infimes, et le pouvoir des deux mots *Granité café*. Une jaquette, pour Le Promeneur, cela aurait pu être une exception. Mais l'évident succès commercial de l'ouvrage y faisait voir davantage une concession — peut-être même un coup éditorial.

Aux caisses, une foule importante s'agglutinait. Il eut tout le loisir de feuilleter le magazine de la Fnac, tomba presque d'emblée sur un reportage consacré aux succès déclenchés par le bouche-à-oreille : entre deux disques compacts, la couverture de *Granité café* se détachait, plus séduisante encore en réduction photographique. Il faillit acheter le journal, se ravisa. Surtout ne rien lire au sujet du livre. Se faire d'abord une opinion. À défaut, il avait déjà de fortes présomptions : la joliesse de l'objet, l'ampleur du succès, la jeunesse de l'auteur et, plus encore, son style d'étudiante à peine attardée — jean, tennis, tee-shirt noir. Il la revoyait sur le trottoir de la rue Commines où il s'était décidé à l'aborder. Elle l'avait regardé sans surprise excessive, le laissant patauger dans le baratin stupide où il avait le sentiment de s'enliser. Mademoiselle, vous allez me trouver bien cavalier, mais ce tableau que vous tenez sous le bras, puis-je vous demander s'il possède à vos yeux une grande importance, car je ne vous cacherai pas... Pendant qu'il parlait lui revenait en tête le début du *Secret de la Licorne*, où Tintin refuse de revendre la maquette du voilier qu'il vient d'acheter pour le capitaine Haddock.

Oui. Une importance... très particulière. Je suis désolée. Difficile de vous expliquer... Mais si, je comprends très bien. Cependant... Et elle, d'une voix polie mais ferme : Non, vous ne pouvez pas comprendre.

Alors ils avaient senti que les règles de cet échange un peu acrobatique ne pouvaient les

mener jusqu'à un café pris ensemble au coin
de la rue, en face du cirque d'Hiver, mais que
quelques phrases d'issue s'avéraient bienvenues,
nécessaires. Elle voulait atténuer sa déception,
détournait la conversation, je suis à Paris
pour quelques jours seulement, publication
d'un livre qui vient d'être traduit en français.
Et lui, feignant de faire bonne figure, je vois
que vous ne changerez pas d'avis, mais, au
cas où, je vous laisse ma carte. Au dernier
moment pourtant, se ressaisissant pour ne
pas paraître tout à fait mufle, le titre de votre
roman ?

Deux mots étranges, qu'elle avait répétés.
Ce n'est pas un roman.

Il détestait Venise. Les attroupements beaufissimes de gondoles louées par des Japonais en extase parce qu'on leur braille indifféremment *O sole mio* ou un *Ave Maria*, ces fils et ces filles à papa sortant du Danieli en short et en tongs pour marchander des faux sacs Lancel avec des vendeurs africains. La beauté même de la ville, beauté des plus factices, un orientalisme de bazar, cette audace de faire briller toute une opulence clinquante dans ce lieu impossible, l'ingéniosité prodigieuse des soubassements pour révéler ce que la nature humaine a de plus fat, de plus arrogant, de plus commun. Une beauté pour tout le monde, c'est-à-dire pour personne. Le mythe écœurant de la lune de miel. Autochtones et touristes unis pour célébrer cette abjection.

Granité café se passait entièrement à Venise. Enfin, se passait... Il ne s'y passait rien, en fait. Des textes courts, des espèces de stases associant chaque fois un lieu à un moment très précis, un regard angulaire, une lumière, des odeurs et des sensations démêlées au plus infime, des postures du corps pour accueillir, capter. Le premier fragment, *Granité café*, évoquait le Campo Santa Margherita. Mais la place elle-même n'avait guère d'importance, engloutie dans la contemplation et la dégustation d'une glace à l'eau au café dont la texture à la fois presque liquide et grenue prenait consistance sous les mots. Comptait aussi la position proposée, jambes repliées sur un vieux banc de bois rouge écaillé, une attitude plutôt féminine qu'aucune marque grammaticale ne confirmait par ailleurs, laissant l'équivoque d'une singularité partageable, habitable.

Il découvrait ces lignes dans une attitude curieusement similaire. À deux pas de chez lui, dans les arènes de Lutèce, adossé à un gradin, assis à même la pierre. En contrebas, des étudiants jouaient au foot avec un ballon dégonflé qui venait heurter les bords de l'arène dans un son flasque et sourd. Il aimait se tenir ainsi, une attitude adolescente, pas très confortable, qui portait en elle des lectures passées. Venise aurait dû constituer un a priori négatif supplémentaire dans le faisceau des réticences qui s'amoncelaient autour de

Granité café. Au bout de quelques pages, son antipathie se mua en condescendance. Oui, quelque chose là-dedans sans doute, un regard, peut-être une écriture — difficile de juger en traduction. Mais pas étonnant que le bouquin ait rencontré une adhésion consensuelle. Ça ne dérangeait pas grand-chose — il persistait à exiger de la littérature cette faculté de bousculer, qu'il avait dépassée dans son appréhension de la peinture. On criait décidément bien vite au grand talent. Qui, d'ailleurs ? On évoquait un bouche-à-oreille, ce qui semblait indiquer que les avis de la critique avaient été occultés. Critique lui aussi, et même si les critiques picturaux n'obéissaient pas aux mêmes contraintes que leurs confrères du littéraire, il n'ignorait pas tous les reproches que l'on adressait à sa profession. Il ne les trouvait pas toujours fondés, pas au point de considérer qu'une absence d'intérêt de la part des journalistes spécialisés pouvait constituer un élément de jugement favorable.

Toutes ces pensées avaient d'abord défilé, comme en surimpression, pendant qu'il tournait les pages d'Ornella Malese. Mais elles s'effaçaient peu à peu devant une réalité incontestable : la Venise qu'il se trouvait convié à partager, à faire tourner entre ses mains dans le kaléidoscope des instants, des saveurs, de la lumière, ne ressemblait en rien à la caricature qu'il avait vu se dessiner lors d'un voyage ancien, bien avant l'accident. Il éprouvait le sentiment assez désagréable d'avoir été victime, à l'époque, de sa propre médiocrité, de n'avoir visité Venise avec mauvaise humeur que pour y confirmer ses préjugés.

En serait-il de même avec ce petit livre à la robe tabac ? Comme beaucoup d'intellectuels, il se sentait coincé entre une réaction hostile vis-à-vis des trop grands succès — toujours fondés au mieux sur un malentendu, au pire sur des ressorts équivoques, voyeurisme, sentimentalisme ou philosophie de comptoir — et un désir un peu artificiel de compenser ce que cette attitude pouvait avoir de trop monolithique en concédant de temps à autre des satisfecit de préférence paradoxaux, éloge de la téléréalité, de chanteurs à minettes ou de feuilletons sirupeux. L'étonnant, en l'occurrence, était d'avoir à appliquer cette grille de comportements à la jeune Italienne qui lui avait soufflé dans une brocante le tableau dont il avait envie.

Au fur et à mesure qu'il s'abandonnait aux pages de *Granité café*, il sentait que ses jugements habituels n'avaient plus prise. Hostile, puis condescendant, il dut s'avouer bientôt incertain, puis flottant, presque séduit.

Certes, il garda quelques munitions de défense
— l'univers proposé reposait sur un regard
presque exclusivement positif à force de
s'abandonner aux seules déclinaisons de la
sensation — mais il se sentait doublement
piégé. Elle tenait au tableau. Elle ne le lui
vendrait pas. Son livre ne le laissait pas indifférent.

Les footballeurs étaient partis depuis longtemps. L'ombre avait gagné les arènes. La
rumeur du trafic dans la rue Monge s'estom-
pait peu à peu.

Antoine Stalin, 11 rue des Arènes, 75005 Paris. Un numéro de téléphone. Aucune raison sociale. Une carte élégante, carton ivoire, mais des plus laconiques. Ornella Malese la faisait tourner entre ses mains, songeuse. Le rendez-vous avec une journaliste du *Monde* avait été annulé. Le soir même, elle reprenait à Bercy le train de nuit pour Venise. Ce vide tout à coup, dans un emploi du temps qui s'était surchargé avec le succès croissant de son livre. L'attachée de presse lui avait dit que la plupart des après-midi resteraient libres. En fait, il n'y avait guère eu que le samedi précédent, la brocante de la rue de Bretagne, et cet incroyable signe du destin.

Le tableau reposait dans la chambre, contre le mur, au bout du lit. Chaque soir, chaque matin, elle était restée de longues minutes en méditation devant lui. Une énigme à déchiffrer. Un monde qui lui appartenait, dont on l'avait exilée. Faudrait-il changer le cadre ? Il datait un peu avec sa couleur dédorée, sa forme surtout, cette courbure replète, satisfaite, bourgeoisie surannée. Ainsi une famille avait-elle souhaité posséder un tableau de Rossini, puis ses descendants, sans doute, s'en étaient séparés. On pouvait imaginer que la toile ne possédait pas de valeur affective à leurs yeux. L'acquisition relevait donc d'autres motivations : l'admiration, ou peut-être la renommée du peintre. Pourtant, elle avait déjà regardé : en France, comme en Italie, le nom de Rossini ne figurait pas dans les dictionnaires spécialisés, ni dans les ouvrages sur les nabis ou les fauves. Avec beaucoup de peine, elle avait soutiré à sa mère quelques renseignements sur ce grand-père dont il ne fallait pas parler. Ce silence autour du nom Rossini avait été une déception pour elle, à l'époque. Quitte à briser le lien familial, il eût été plus satisfaisant de savoir que le jeu en valait la chandelle, qu'une notoriété patente avait compensé des choix de vie discutables. On pardonne tout aux grands artistes. Et chez elle, en tout cas, on ne pardonnait guère aux artistes manqués.

Manqués. Qu'est-ce que cela veut dire ? Ce tableau n'était pas manqué. Bien sûr, elle ne pouvait s'empêcher de penser que la signature orientait un jugement qu'elle essayait par ailleurs de ne pas trop porter — juste se laisser aller à cette atmosphère, la belle nonchalance de la jeune femme nue, le mystère de sa compagne, leur implication commune dans une réflexion sur la peinture. Vivre dans la création. Vivre pour la création. Quelque chose en elle venait de là. Elle en avait toujours été sûre. Pas de talent particulier, mais cette certitude de porter sur le monde un regard. À la faculté, elle avait été heureuse de trouver un jour dans la correspondance de Pavese cette phrase : « Proust, apprends-moi à dire le monde selon moi, moi qui sens le monde selon moi. » C'était exactement cela. Sentir le monde selon soi. Rien à voir avec la culture, l'intelligence. Mais ce pouvoir presque palpable. Difficile pouvoir parfois, qui creusait la solitude. Dans l'enfance déjà. Dans les attentes adolescentes. Et puis après, quand elle s'était mise à écrire, sans le dire chez elle — sa mère et son frère auraient détesté cette idée. Ses premières années de professorat, un petit collège à Ferrare, l'isolement des dimanches d'hiver. Ces manuscrits envoyés, refusés avec des lettres types : « Nous avons été sensibles à la qualité du texte que vous nous avez adressé... Malheureusement, il n'entre pas dans le cadre de nos collections... » Parfois quelques mots plus personnels, le conseil donné de sacrifier à une forme romanesque, afin de passer sous les fourches Caudines de l'édition.

Cinq années comme ça, pleines d'une mélancolie indicible et prenante. Le plaisir dangereux d'aimer cette mélancolie. *Granité café* était né de tout cela, une nostalgie secrète distillée dans le pouvoir gardé d'habiter les marges, les instants décantés. Venise avait servi de cadre, parce que c'était sa ville, l'intensité de son enfance. Un éditeur qui lui disait oui, soudain, quand elle s'était faite à l'idée d'écrire toujours pour elle seule. Un tirage confidentiel, un à-valoir dérisoire. Cet étonnant bonheur d'avoir enfermé un peu de soi — le meilleur de soi — dans un petit parallélépipède rectangle à la couverture balafrée de signes devenus cabalistiques à force d'avoir été désirés en vain.

Elle espérait quelques articles, un succès d'estime. Juste de quoi poursuivre son chemin d'écriture. Il s'était passé tout autre chose. D'abord, le silence journalistique. Mais un bouche-à-oreille commençant entre quelques représentants, quelques libraires, une première réimpression née presque toute seule, avant que la presse ait bronché. Puis le premier vrai article, signé Paola Zanuttini dans

La Repubblica. Et dès lors, par paliers, sans que chaque étape annonce la suivante, des émissions de radio, d'autres articles, et même le *Maurizio Constanzo Show*, à la télé. Au printemps, l'apparition dans le classement des meilleures ventes, à la fin, mais quand même. Tout l'été, une tranquille progression jusqu'à l'incroyable première place. Déjà, les commentaires réducteurs : un livre qui enchantait l'été, c'est vrai, mais un livre d'été. Un petit livre à déguster comme une glace granité café, rafraîchissante, si légère. Puis le livre d'été était devenu succès d'automne, cadeau tout trouvé pour Noël. Au collège de Ferrare, on savait un peu qu'Ornella écrivait. Ce désir d'échapper mentalement à la condition commune la mettait en porte à faux avec quelques collègues. Cependant, le succès avéré fut accueilli chaleureusement, comme si une hypocrisie perverse habitait l'écriture souterraine, une franchise éclatante l'écriture célébrée. Sa mère et Francesco, son frère, lui en voulurent quelque temps de son silence, mais pour eux aussi le triomphe médiatique fit tout pardonner — le livre ne contenait de plus aucune révélation autobiographique embarrassante.

Elle n'avait pas imaginé ce genre de réussite. Elle rêvait de reconnaissance littéraire, et voilà qu'elle était promue au rang de phénomène sociologique. On lui prêtait une éthique zen, on essayait de l'enrôler dans un courant de mode où les gourous du bonheur avaient soudain la parole. Les contrats de traduction affluaient des quatre coins de la planète. Une année difficile en fait, une agression. En cours, pour la première fois, elle avait ressenti des malaises — un jour, l'impossibilité physique de quitter sa salle de classe, de traverser le couloir. Des angoisses, des vertiges éprouvés dans les situations les plus banales, quotidiennes — la queue chez le boulanger, la traversée d'un hall de cinéma. Alors elle avait eu recours aux antidépresseurs, tandis que chacun la félicitait pour son bonheur. Invitée un peu partout, elle avait demandé pour l'année suivante un congé sans solde, pour essayer une nouvelle vie.

C'était assez étrange. En Italie, on glosait sur le succès du livre sans jamais parler de l'écriture, qui seule comptait à ses yeux. Les premières analyses évoquaient l'écho logique rencontré par une expérience qui consistait à réenchanter le réel. Un constat d'évidence qu'elle ne pouvait sans sourire rapprocher des difficultés qu'elle avait rencontrées pour publier. D'autres suivirent, plus sévères ; elles stigmatisaient une littérature de la résignation, s'adressant à une population chloroformée, s'abandonnant aux petites choses et renonçant aux grandes.

Les premiers articles venus de France firent du bien à Ornella. Ils inscrivaient *Granité café* dans une tradition littéraire, parlaient enfin de style. Sans doute bénéficiait-elle aussi du prestige intellectuel de son éditeur français, peu accoutumé aux publications de best-sellers. Oui, à Paris, depuis qu'elle était arrivée, on la regardait comme une artiste. Elle retrouvait une assise, s'étonnait d'un bien-être physique qui la suivait jusque dans les situations les plus intimidantes, émissions télévisées, rencontres avec le public. Et voilà que Paris la mettait sur les traces de ce grand-père abstrait, étouffé par une lourde chape de non-dits — la mettait sur les traces d'un lointain désir de création qu'il lui semblait rejoindre, enfin.

Un grand-père virtuel, incarné dans cette toile posée contre le mur. L'appartement de la rue Commines, prêté par le cardiologue de sa mère, flatté d'intervenir dans le parcours médiatique de la petite Malese, avait la fraîcheur monacale des lieux où l'on ne vit qu'un mois par an. Blancheur des murs, dépouillement du mobilier de verre et de métal. Le tableau signé Rossini installait par contraste un climat chaud, étonnamment présent, en dépit du secret de la scène représentée. Un signe aussi, cette dernière après-midi qui se libérait ? Assise en tailleur sur le lit, Ornella faisait tourner la carte dans ses mains. Antoine Stalin. Quelqu'un s'intéressait à ce tableau ; pourquoi ?

Un numéro qu'il ne connaissait pas s'était affiché sur l'écran de son téléphone portable. À la première phrase, il sut que c'était elle. Deux jours auparavant, il avait lu presque d'une seule traite *Granité café*, s'était arrêté quelques pages avant la fin, comme dans les livres qu'il aimait bien. Immédiatement, il pensa qu'elle voulait lui vendre le tableau. Il n'avait rien oublié du Rossini. *Le* Rossini. L'article défini devant ce nom inconnu prenait un caractère insolite, comme la toile dans sa mémoire précise. Les quatre jours passés avaient avivé ses regrets. Toujours cette lenteur stupide au moment de se décider. Mais plus de doute, tout à coup. Il lui proposa un rendez-vous une heure plus tard au Jardin des Plantes, devant la statue de Bernardin de Saint-Pierre, vous ne pouvez pas la manquer.

On ne pouvait pas la manquer. Statue

monumentale de l'écrivain, ses personnages, Paul et Virginie, près de lui. Pas d'intention ironique dans son choix. Mais il s'avisa après coup qu'elle aurait pu le prendre en mauvaise part : Bernardin de Saint-Pierre et son apologie niaiseuse de la divine providence, la nature anthropophile dessinant les veines sombres des melons afin que l'homme puisse plus aisément les découper en tranches. Aucun rapport avec le livre d'Ornella Malese, mais peut-être, en cherchant bien, l'écho d'une problématique. Le monde était-il une horreur à laquelle se résigner, un problème à résoudre, ou un spectacle à regarder ?

Le destin d'Antoine Stalin l'inclinait à pencher pour la première solution. Sa fille Julie, morte à quatre ans dans cet accident de voiture. Sa compagne Marie, au volant ce jour-là, à jamais traumatisée, s'éveillant de trois mois de coma pour apprendre la nouvelle. Comment dès lors considérer comme un hasard le cancer bientôt généralisé qui s'était emparé d'elle au bout d'un an ? Et lui, culpabilisé à son tour par cette incongruité de rester vivant face à tout ce désert. L'appartement de la rue des Arènes où rien n'avait changé, par quelle absurde fidélité au vide et à l'absence ?

Il aimait bien l'improbable fouillis du Jar-

din des Plantes, l'entrée de ce côté, rue Geof-
froy-Saint-Hilaire. Des bâtiments tarabisco-
tés, plus ou moins délabrés ; cela sentait le
savant dix-neuvième, des recherches obsti-
nées, routinières, à l'écart du monde. Un peu
la façon dont il s'était enfoncé lui-même dans
l'univers de la peinture, une manière de s'as-
sourdir au tumulte du réel, en poursuivant
des pistes à l'infini. En face de la statue de
Bernardin de Saint-Pierre, un rond d'herbe
trop haute où des gamins jouaient à la balle
au prisonnier.

Elle s'approche dans le contre-jour. Jean et
tee-shirt noirs, ses cheveux plus que bruns,
relevés en chignon cette fois. Elle n'a pas l'air
d'un écrivain. Plutôt d'une étudiante, d'une
jeune prof à la rigueur. Elle n'a pas le tableau
sous le bras. Cela ne veut rien dire. Peut-être.
Les premières phrases sont faciles, toutes
rondes, elles slaloment souplement en frôlant
les banalités les plus plates. Ils passent devant
l'entrée du zoo, la serre, s'engagent sous les
arbres dans la longue allée qui descend vers
Austerlitz. Alors, vous avez réfléchi, pour le
tableau ? La phrase est venue trop vite. Sous
son teint mat elle a rougi un peu, s'excuse de
lui avoir donné à penser qu'elle l'avait rappelé
pour cela. Il va être déçu. Elle parle avec
abondance tout à coup, évoque la rencontre

fulgurante avec ce signe d'un passé depuis toujours abstrait. Il s'en amuse, s'en étonne. Puis la gêne s'installe, dans le silence retrouvé. Rien à voir avec le trouble occasionné par une rencontre débutante. Elle l'a senti tout de suite, soulagée. Quelque chose en lui coupe court à l'équivoque sexuelle. Non, le malaise est d'une autre nature. Au bout de quelques secondes il s'y attaque, elle a des chaussures plates rouges à bandes blanches couvertes de poussière.

— Mais alors, pourquoi ?

Alors ils ne feront pas cette fois l'économie d'un pot pris ensemble, au café de plein air, tout au bout de l'allée. Pourquoi ? Elle ne le sait pas trop elle-même. Au moment de quitter Paris, il lui a semblé impossible de partir sans savoir comment elle a failli manquer le tableau.

— Je... Je crois que j'aimerais connaître les raisons qui poussent un autre que moi à désirer cette toile.

Ils ont pris deux cafés — le minimum syndical de l'instant échangé. Pourtant, il semble s'abîmer dans la contemplation de sa tasse — une petite auréole crémeuse tourne au centre, puis se délite doucement pour s'accrocher au bord.

— Eh bien, finit-il par livrer... Mon attirance est peut-être l'inverse absolu de la vôtre. Le nom de Rossini ne me dit absolument rien. Or, ce type de peinture est le seul domaine dans lequel je puisse prétendre avoir de réelles connaissances. Votre grand-père avait un vrai talent. Mais cela va au-delà. Pour moi, et je me le dis chaque jour un peu plus depuis que je vous ai abandonné cette toile, il n'est pas possible qu'il n'ait pas été en relation avec le peintre auquel je consacre toute mon existence désormais.

Il relève les yeux, la fixe avec un sourire gêné :

— Cela peut paraître un peu grandiloquent, mais...

Et dès lors la conversation prend un autre rythme, comme si, chacun ayant mesuré ce qu'il avait à craindre de l'autre, il était possible de s'épancher, de poursuivre à haute voix un monologue intérieur qui aurait trouvé soudain son destinataire. Il va se surprendre à analyser avec un détachement, une faculté d'élocution qui le stupéfient les motivations qui l'ont conduit à s'immerger dans l'œuvre de Vuillard, à concevoir un travail infini, qui tiendrait à la fois de la biographie la plus pointilleuse et du catalogue raisonné. Il n'hésite pas à dire, d'une voix à peine plus sourde, la disparition de Marie et de Julie, à reconnaître dans ce séisme l'origine de sa volonté de s'enfoncer dans une tâche presque impossible.

— Vous comprenez, je voudrais disparaître dans Vuillard.

Elle acquiesce, sans trop appuyer. Ils se lèvent et empruntent lentement l'autre allée. Ils jetteront un coup d'œil à gauche sur le squelette du dinosaure, qu'on aperçoit derrière la vitre, s'arrêteront devant le manège. C'est elle qui parle à présent, met des mots sur tout ce silence qui entoure le nom de Sandro Rossini.

— Vous savez la place de la famille en Italie. Dans l'hôtel que mes parents ont toujours tenu, dont ma mère s'occupe avec mon frère depuis le décès de Papa, il y a notre salon, juste à côté de la salle du petit déjeuner pour les clients. Partout des photos dans des cadres, et moi qui pose des questions. Mais je revois toujours cette dureté que prenait le visage de Maman, quand je l'interrogeais sur son père. J'ai dû cesser, car je sentais combien je lui faisais de mal. Sandro Rossini, c'était cela pour moi. Un souvenir que l'on n'évoque pas. À travers quelques phrases amères sur la corruption du milieu artistique, j'ai compris peu à peu qu'il était peintre. Mais pas la moindre esquisse, pas le moindre dessin. Et pas la moindre photo, la moindre lettre. J'ai bien fouillé partout...

— Vous montrerez le tableau à votre mère, à votre frère ?

Ornella Malese secoue la tête en signe de dénégation. La lumière commence à prendre des reflets tisane entre les branches. Ils bavarderont sans effort, avec cette confiance un peu excessive que l'on a quand on ne doit pas se revoir. C'est drôle, ces joggeurs qui tiennent leur lecteur de CD à la main. Au bout, c'est la galerie de l'Évolution. Le mois prochain, je dois aller en Espagne et au Portugal, pour la sortie du livre. L'hôtel est juste à côté de l'église dei Frari. Plein de Français, il est dans le guide. Elle va être en retard. Vous prenez un taxi ? Il l'accompagne jusqu'à la station de métro Jussieu. Il la regarde descendre les marches sans se retourner. Ils n'ont même pas parlé de *Granité café*.

— Stalin, je ne vous demande pas si vous voulez participer au projet. Connaissant votre amour pour Venise...

Nathalie Rodzinski, rédactrice en chef de la revue *Beaux-Arts*, esquissait un sourire légèrement sarcastique. L'idée d'un hors-série consacré à la peinture vénitienne du dix-huitième mettait en émoi l'ensemble de la rédaction. Avec Antoine, au moins, pas de concurrence à redouter. Il avait prêté à plus d'un, quelques années auparavant, le *Contre Venise* de Régis Debray, dont il faisait ses délices. Par pudeur, chacun au journal affectait de continuer à voir en Stalin le contestataire perpétuel, l'ennemi systématique du politiquement correct qu'il était alors. On savait bien, en fait. La mort de Julie et de Marie l'avait rendu si tolérant, insaisissable. Le conforter dans son attitude d'irréductibilité passée, c'était une manière de suggérer qu'il n'avait pas changé — même si, en aparté, on le trouvait vieilli de dix ans, amaigri, horriblement conciliant.

Antoine se racla la gorge.

— Eh bien, je vais peut-être vous étonner. Il y a une chose qui me fascine depuis longtemps. C'est le secret de la fresque de Giandomenico Tiepolo, *Il Mondo nuovo*.

Et, histoire de retrouver un peu ses marques, avec un coup d'œil périphérique à l'assistance, il ajouta, exagérément goguenard :

— Pour faire une petite enquête là-dessus, je suis prêt à tout, même à me rendre à Venise.

Le guide ne recommandait qu'un hôtel à proximité de l'église dei Frari. Felice. Atmosphère familiale. La patronne parle couramment français. Au dernier étage, deux chambres en terrasse. Un de nos meilleurs rapports qualité/prix.

De fait, Antoine Stalin avait été surpris par la modicité du tarif et la possibilité de réserver une des deux chambres en terrasse à la mi-juin. En regardant le plan de la ville, il vit que l'hôtel Felice était proche de la Ca' Rezzonico où s'étalait la fresque de Tiepolo, proche aussi du Campo Santa Margherita.

Il n'avait pas exagéré. *Il Mondo nuovo* l'avait

toujours fasciné. Une fresque étonnante, à présent reconstituée au deuxième étage de la Ca' Rezzonico, dans une salle secondaire. De son vivant, Giandomenico Tiepolo avait surtout été considéré comme le fils du célèbre Giambattista Tiepolo, auteur de sujets religieux et de nombreuses fresques, pour lesquelles Giandomenico avait été son collaborateur. Mais *Il Mondo nuovo*, peinte à l'origine dans un anonymat complet, sur un des murs de la maison de campagne de la famille Tiepolo, commencée sans doute vers 1750 et terminée seulement en 1791, avait toujours intrigué les spécialistes par son atmosphère étrange, son mystère irréductible.

Toute une foule, vue de dos ou de profil, assistant à un spectacle invisible. Au loin, la mer. Une facture surprenante. Des personnages saisis dans des attitudes familières au cours d'une scène publique. Mais on était bien loin de la fantaisie souriante de Longhi ou de Guardi, l'oncle de Giandomenico. Des bleus laiteux, des vestes crème, orange éteint, des robes beiges. Une espèce de hiératisme souple dans les courbes d'épaule, les ports de tête. La sensation que toute cette foule saisie dans l'énergie de l'instant dérivait en même temps vers un ailleurs silencieux, un espace onirique.

Antoine aimait l'idée de cette fresque, car elle prenait à contre-pied des clichés qui l'irritaient. Autour de lui, la plupart des intellectuels affichaient leur dégoût pour le dix-neuvième siècle et vouaient une admiration sans partage au dix-huitième, siècle des libertés, de l'insolence, du plaisir. Ses vieux réflexes réfractaires avaient joué quand il avait entendu évoquer ce hors-série vénitien, dont il imaginait trop bien le ton général, au-delà des peintres analysés. Le conformisme de la volupté.

Quelle place l'œuvrette à la mode d'Ornella Malese occupait-elle dans tout cela ? Aucune, il n'y songeait même pas. Pourtant, *Granité café* était aussi à sa manière une défense et une illustration du plaisir de l'instant à Venise. Pourtant, Antoine avait cherché dans le guide les références d'un hôtel qui pourrait être celui d'Ornella. Pourtant, il n'avait pas eu l'ombre d'une hésitation, quand il avait compris qu'il ne pouvait s'agir que de l'hôtel Felice. Bien sûr il se justifiait en se disant que seul le tableau de Rossini était en jeu dans cette approche, et la coïncidence qui le conduisait malgré lui à Venise, en l'absence d'Ornella.

Paola Malese avait dû être très belle. Elle portait sa soixantaine avec une distinction un peu lasse. De grands yeux cernés, le teint pâle des gens qui se tiennent à l'ombre dans les pays de soleil. Sa robe noire mouchetée de petites fleurs blanches rappelait à Antoine la satinette fermière de sa grand-mère. L'hôtel plongé dans l'obscurité exhalait une atmosphère à la fois austère et familiale. Dans le petit salon donnant sur l'étroit Rio Terrà Frari, on ne pouvait imaginer des corps avachis sur les fauteuils dans des bermudas touristiques — on sentait en tout cas qu'une silencieuse réprobation eût accueilli cette faute de goût. De même, on n'eût pas imaginé découvrir soi-même sa chambre. De fait, Mme Malese accompagna Antoine jusqu'au troisième étage, où la chaleur montait dans la lumière retrouvée.

La terrasse minuscule donnait joliment sur les tuiles courbes des toits alentour, mais elle était pour l'heure tout encombrée par les serviettes de l'hôtel qu'on avait mises à sécher là. Antoine se demanda s'il devait s'offusquer de cet empiètement, mais il eut peur de passer pour béotien, et il fit bien. Au bout d'une heure, tandis qu'allongé sur le lit il s'était plongé dans la lecture d'un ouvrage sur Tiepolo, une employée ouvrit la porte sans frapper, lança un *buon giorno* traînant et empila sans hâte le linge sur son bras.

Cette scène enchanta Antoine. Il déchiffrait des usages, pénétrait des rituels. L'hôtel Felice menaçait de bousculer sa raideur naturelle pour lui donner les clés d'une intimité délicieusement exotique. Si dans un premier temps il avait trouvé désagréable l'idée qu'on envahisse sa terrasse, il jugeait à présent que cette intrusion possible donnait une tonalité bien plus vivante à l'idée d'occuper une chambre en terrasse — une terrasse qui serait d'autant plus sienne que ce privilège resterait menacé.

C'était un dimanche, et la Ca' Rezzonico fermait à midi. Une hostilité préservée pour les foules agglutinées au Rialto ou sur la place Saint-Marc poussa Antoine à partir flâner dans le Dorsoduro. Sur le parvis de l'église dei Frari, un flûtiste jouait du Bach, un ampli posé près de lui pour diffuser l'accompagnement de l'orchestre. Antoine s'assit un long moment sur les larges marches plates. Une chaleur lourde, sans vent, pesait sur la citadelle de brique rouge allégée par le concerto. Puis il partit au hasard des venelles. Les noms ne figuraient plus sur le plan que Mme Malese lui avait donné. Parfois, la *calle* s'étranglait, atteignait un bout de canal pois cassé. Il fallait rebrousser chemin sous les oriflammes de linge étalé de fenêtre à fenêtre. Comment Régis Debray pouvait-il prétendre qu'à Venise le linge ne sèche pas dans les rues ? Peu à peu, Antoine se surprit, comme à l'hôtel, à capter des sensations nouvelles. Il était près de dix-huit heures quand il déboucha sur une vaste place.

Sans l'avoir jamais vu, il reconnut tout de suite le Campo Santa Margherita, avec ses bancs rouges écaillés. Aux terrasses, des touristes buvaient leur Coca. À l'ombre, au bout d'un banc, Antoine se fondit dans les éclats de voix qui l'entouraient. Petits vieux, petites vieilles bavardant — il percevait des mots détachés sans comprendre le sens des phrases. Pourquoi *volta* revenait-il si souvent dans la conversation ? Antoine savait vaguement que ce mot signifiait « une fois », désignait une expérience, en général précédé de l'adjectif *prima*. Mais dans la bouche de vieux Vénitiens, avec cette véhémence tranquille de la causerie sous les arbres de Santa Margherita, cela semblait dire autre chose, une pratique désinvolte de la vie où l'on aurait droit à plusieurs coups d'essai, dans un tourbillon de paroles. À coup sûr, ces vieillards de l'ombre chaude savaient faire semblant d'oublier le passé pour s'enfoncer dans le moment pur de la *prima volta*. La mélodie monocorde de leur parlote intarissable engourdissait Antoine dans un bien-être diffus. Plus loin, un groupe de clochards s'étaient installés près de la fontaine, à côté d'un cercle d'étudiants debout.

Il resta longtemps. Avec le soir, les petits vieux disparaissaient, laissaient place à une faune un peu interlope. À la terrasse du restaurant, le patron marchait nonchalamment entre les tables, personnage énigmatique avec son catogan serrant ses longs cheveux gris, son gilet noir, une allure à la fois aristocratique et louche. Sous son aspect désuet, retiré, un peu sec aussi — ici on ne sentait pas du tout la présence de l'eau —, Santa Margherita recelait des menaces latentes, des trafics informulés. Une pulsation rythmique s'échappait du café du coin, des rires hystériques naissaient çà et là dans les trous d'ombre.

Antoine s'extirpa à regret de sa demi-somnolence. Au bout de la place, le glacier Il Doge proposait une théorie invraisemblable de parfums, dans des camaïeux de verts, de bleus étonnants, de rouges et de bruns. Mais beaucoup de ses clients ignoraient cette fastueuse palette, et allaient réclamer au fond de la boutique un plaisir d'une autre essence. Ils en sortaient avec un gobelet transparent dans lequel dansait une matière à la fois compacte et mouvante, traversée d'un chalumeau. Les yeux rivés sur leur butin, les dégustateurs s'éloignaient avec des gestes prudents, et comme recueillis. Antoine s'approcha du comptoir, lut tous les panonceaux. Au dernier moment il se ravisa, opposa un geste maladroit au vendeur qui s'enquérait de son choix. Il lui fallut beaucoup de mauvaise foi pour ne pas commander un granité café.

La veille, il ne s'était pas posé la question. Le petit déjeuner à l'hôtel Felice changea les perspectives. Un jeune homme mince et grand, teint olivâtre, peu expansif, avait pris les commandes, servait le thé et le café à quelques tables où l'on parlait français, à voix semi-discrètes — désagréable de s'en aller en Italie pour se sentir à Issoudun ou à Bressuire. Antoine cherchait les traits d'Ornella Malese sur le visage de celui qui devait être Francesco. Difficile de ne pas évoquer leur rencontre parisienne. Ornella pouvait passer d'un jour à l'autre. Mais Antoine n'avait pas osé y faire allusion d'emblée devant sa mère. De peur de vexer cette dernière, il remit à plus tard, et s'échappa rapidement.

Il retrouva ses répulsions passées en pénétrant dans la Ca' Rezzonico. Tout ce déferlement baroque d'un palais orgueilleusement dressé au bord du Grand Canal et dont les escaliers, les dorures, les célèbres meubles sculptés d'Andrea Brustolon, l'immensité de la salle de bal, trahissaient lourdement l'ancien nouveau riche — richissime — fier d'étaler son opulence, et le glaçaient. Si les toiles de Canaletto s'y inscrivaient sans effort, celles de Longhi, dans leur vivacité toute simple, y paraissaient déplacées. Heureusement, il y avait le second étage. Entre la reconstitution d'une boutique d'apothicaire et un théâtre de marionnettes, *Le Monde nouveau* de Giandomenico Tiepolo était là chez lui. Certes, la fresque atteignait bien deux mètres de hauteur sur cinq de large, mais les proportions de la salle lui donnaient une connotation presque intimiste.

Antoine sentit monter en lui cette joie particulière qui venait l'habiter devant la réalité matérielle de ses œuvres préférées. La douceur des tons semblait venir d'une Italie lointaine et spirituelle, celle de Piero della Francesca. Mais le sujet était incroyablement moderne, d'une étrangeté funambulesque. Inviter à regarder ce qu'on ne verra pas. Un spectacle de rue. Toutes les catégories sociales mêlées, du bourgeois ventripotent coiffé d'une longue perruque au Pierrot tout droit sorti des planches de la commedia dell'arte, des femmes du peuple plantureuses penchées en avant à l'élégante chapeautée, une main sur la hanche. Mais le vrai secret, c'était le personnage grimpé sur un tabouret et qui tient à la main une longue badine, ou une espèce de perche, dont l'extrémité atteint le centre de la scène. Quel sens donner à son geste ? Il n'est pas là pour attirer l'attention des badauds, déjà cristallisée par le spectacle. Intervient-il comme un *deus ex machina*, pour servir d'interprète entre le peintre et les spectateurs de la fresque, souligner l'importance de ce qui restera invisible à nos yeux ? Ce mystère préservé, pourquoi Giandomenico Tiepolo en exprimait-il la dramaturgie sur un mur de la maison de campagne familiale ? Seuls quelques proches, quelques amis étaient censés avoir accès à ce message. À la fin de sa vie, à l'époque où il terminait cette fresque, Giandomenico se voyait confier des travaux de plus en plus mineurs, dans des villes italiennes de plus en plus petites. Comment s'était-il résigné à abandonner l'œuvre de sa vie, infiniment peaufinée pendant près de cinquante ans, sur un mur presque anonyme, dans une maison qui serait sans doute vendue à quelque riche propriétaire indifférent ?

Par nature, Antoine ne se laissait guère gagner par les émotions faciles. Mais la beauté singulière du *Mondo nuovo*, associée à l'absence de reconnaissance du génie de Giandomenico Tiepolo, le bouleversait. Quelques visiteurs passaient rapidement devant la fresque, s'amusaient du théâtre de marionnettes, redescendaient l'escalier monumental. Récemment encore, en 1971, la première monographie consacrée à Giandomenico avait connu un destin étonnant. Sa maison d'édition s'étant déplacée à Milan, tous les éléments en rapport avec le livre s'étaient évanouis comme par magie.

Comment se fier à l'adage qui veut que le temps décante les talents, rectifie les perspectives, donne justice aux créateurs ? Antoine s'était toujours insurgé contre cette certitude lénifiante. À ses yeux, la société, si elle cautionnait rétrospectivement quelques réprouvés spectaculaires — de Villon à Van Gogh —, accordait néanmoins de préférence le bénéfice de la postérité à tous les artistes proches du pouvoir, financier ou politique.

En sortant de la Ca' Rezzonico, Antoine s'assit en tailleur sur un ponton devant le Grand Canal. Il revoyait une autre scène énigmatique, une femme nue, une autre vêtue de noir. Rossini. Celui-là, on ne le confondait pas même avec son père. Et pourtant...

Une légère brume de chaleur grisait les contours des palais sous le soleil déjà chaud.

Sensation d'un air maritime qui amplifiait l'espace. Antoine s'abîmait dans la contemplation de la belle pagaille qui régnait sur le Canal Grande. Son œil fut attiré par un gondolier tout proche qui embarquait ses clients pour le *traghetto*, la simple traversée d'une rive à l'autre. Rien à voir avec le folklore kitsch des gondoles à touristes. Le traghetto faisait partie du décor, mais en lui apportant une touche d'austérité presque janséniste. Les passagers qui y grimpaient restaient debout, l'attaché-case à la main, l'un d'eux le chapeau sur la tête. Ils regardaient devant eux, indifférents au luxe des palais, aux trésors d'habileté que le gondolier devait déployer pour éviter les *vaporetti*, les bateaux-taxis, les embarcations chargées de gravats. Il y avait des arrêts, des reculades, des imprécations ricochant sur l'eau. C'était sans doute une habitude à prendre. On pouvait rester debout, les pieds à peine écartés, et traverser pour traverser, simplement parce qu'on était un peu loin du Rialto ou du pont de l'Accademia. Le passage du traghetto avait quelque chose de seigneurial, de méprisant aussi pour la confusion du trafic aquatique. Et cependant, en taillant sa route perpendiculaire à travers le Grand Canal, c'est bien le traghetto qui créait la confusion la plus notoire. Mais c'était un embarras distant, commis à contre-courant, au nom d'une efficacité sérieuse.

Les passagers du traghetto savaient manifestement où ils allaient, rendez-vous, cours, réunion. Leur concentration semblait l'indice d'une supériorité mentale. Seule la sonnerie de leur téléphone mobile troublait quelques secondes leur carapace impénétrable, juste le temps de saisir l'appareil et d'appuyer sur le bouton — *pronto* ? La communication établie, ils ne paraissaient pas surpris par l'interlocuteur. Debout sur une gondole au milieu du Grand Canal, ils parlaient à leur femme, leur collègue, leur maîtresse, puis rangeaient le téléphone dans leur poche ou leur sac. Ils n'avaient pas même aux lèvres ce sourire qu'on garde un bref instant, quand on vient de saluer quelqu'un sur un trottoir. Antoine ne savait pas s'il les admirait, les enviait. Ils avaient résolu les questions. Tendus comme le vol d'une flèche, ils ne se détournaient pas de leur cible. N'était-ce pas la meilleure manière de vivre la ville ? Éprouver du plaisir sans rien montrer. Une jeune femme en jupe étroite, chaussée de hauts talons, grimpa sur le ponton d'en face avec une aisance déroutante.

Surpris par sa propre docilité, Antoine se laissait habiter. L'odeur du linge qui sèche sur la terrasse de l'hôtel. Les petits vieux des bancs, Campo Santa Margherita. Le rituel distant du traghetto.

Une sensation désagréable. Un peu de fatigue, avait-elle pensé d'abord. Mais non, cela persistait, augmentait de jour en jour. Du premier déplacement à l'étranger, elle gardait une image presque idyllique. Paris dans la lumière de mai. La satisfaction d'une vraie reconnaissance littéraire qu'elle n'avait pas eue en Italie. Le tableau de Sandro Rossini tenait une place aussi dans cette plénitude. Elle ne savait pas trop laquelle. Mais, dès Madrid, puis surtout Barcelone, le mal s'était installé. Rien à voir avec ses malaises de spasmophilie passés. Rien de physique. La reproductibilité des situations ? Elle pensait vivre des paysages, des pays, des villes. Mais c'était chaque fois le même type d'avion, de train, d'hôtel. Chaque fois surtout le même rapport humain. Une attachée de presse la prenait en main, respectueuse mais directive. L'emploi du temps était minuté à l'extrême. Et puis les questions des journalistes revenaient, toujours semblables. Les entretiens s'amorçaient invariablement par une évaluation du nombre d'exemplaires écoulés de *Granité café*. Elle avait parfois le sentiment de répondre pertinemment à d'autres questions, et, par facilité, par sécurité, elle ne pouvait s'empêcher de reproduire les mêmes phrases, avec les mêmes intonations, les mêmes feintes d'hésitation, comme un vieil acteur cabotin sûr de son numéro. La présence d'un interprète exacerbait cette impression de redite en démultipliant l'exercice, en renforçant l'aspect systématique de l'échange.

L'irruption du succès dans la vie d'Ornella était toutefois si récente qu'elle ne pouvait attribuer à ce début de routine médiatique la mélancolie qui naissait ainsi sournoisement. Peut-être le choix d'une nouvelle vie, l'abandon du contact avec ses élèves de Ferrare, dont elle avait sans doute minimisé l'importance. L'amitié de quelques jeunes collègues. Elle les reverrait, bien sûr, mais ce serait autre chose. Plus jamais cet exil partagé, les rêves encore devant. Plus jamais Fabrizio, leur liaison délitée au fil des mois, puis condamnée par le succès d'Ornella — il écrivait aussi, et répétait désormais à qui voulait l'entendre qu'un livre vendu à plus de trois mille exemplaires était une infamie.

Tout cela, oui. Mais autre chose. Le principe même de la promotion. Comme une salissure. Aller vendre sa soupe. Finalement, ce n'était pas autre chose. Ne plus écrire, mais devenir une espèce de commis voyageur de son écriture. Justifier un texte déjà ancien, au lieu de s'immerger dans un nouveau projet. Au fur et à mesure que le succès s'amplifiait, ressentir jusqu'au vertige la certitude que tout serait infiniment plus difficile désormais, et comme bridé par l'idée qu'on se ferait d'elle à l'avance. De plus, elle n'était pas romancière. Les pages qui avaient fait la célébrité de *Granité café* tenaient davantage du poème en prose pour la forme, et pour le fond... Les analyses sur le livre commençaient à lui donner la nausée. Elle ne pourrait envisager d'écrire sensiblement le même genre de chose sans qu'on lui reproche d'exploiter un système. Et rien d'autre ne la tentait.

Elle quitta Lisbonne avec soulagement. La promotion, dans les pays scandinaves cette fois, ne reprendrait qu'à l'automne. À Venise, il y aurait le vide de l'été à affronter, l'angoisse de plus tard. Mais cela au moins faisait partie de la littérature. Après tout, si elle avait quelque chose à dire, quelque chose reviendrait. Et puis il était temps d'arranger un peu le petit appartement qu'elle venait de louer dans un vieil immeuble de la Calle Rovereto.

— Un homme très discret. Il occupe la « trois » depuis huit jours. Il nous a dit qu'il avait eu l'occasion de te rencontrer à Paris dans une librairie. Que tu lui avais fait l'éloge du Felice.

Avec une irrépressible grimace évasive, Mme Malese ajouta :

— Il paraît qu'il est à Venise pour un article sur Tiepolo.

Ornella ne put s'empêcher de sourire. Comment plaire à sa mère en écrivant sur la peinture ? Ni la littérature ni la peinture n'avaient les faveurs de Paola Malese. La fierté du succès de *Granité café* à peine estompée, elle demandait déjà à sa fille s'il était bien raisonnable d'abandonner un bon métier, qui lui permettrait de s'occuper de ses enfants — si tu veux des enfants.

Mais le sourire d'Ornella s'attardait sur ses lèvres, et s'adressait aussi aux mensonges d'Antoine. Elle n'avait en aucune manière évoqué les qualités de l'hôtel. Antoine Stalin ne l'avait pas approchée dans une librairie. Difficile pour lui toutefois d'avouer la véritable origine de leur rencontre — le second mensonge pouvait n'être qu'un subterfuge nécessaire. Restait le premier, plus difficile à justifier. Quel crédit accorder à ce prétendu travail sur Tiepolo ? S'était-elle trompée à ce point sur la personnalité de cet homme qu'elle n'avait en fait rencontré réellement qu'une fois ? Mais leur bavardage du Jardin des Plantes avait eu une intensité, un détachement si singuliers. Antoine lui avait semblé à des années-lumière d'un comportement d'aventurier amoureux ; et c'était pour cette seule raison qu'elle s'était confiée. Par ailleurs, elle n'avait pas précisé sa date de retour à Venise. Restait l'enjeu du tableau de Sandro Rossini. Après tout, elle ne lui avait pas donné son adresse, ni son numéro de téléphone. Peut-être avait-il découvert dans quelque correspondance enfouie au cœur d'une bibliothèque parisienne le lien avec Vuillard qu'il espérait. Un voyage immédiat à Venise paraissait alors bien spectaculaire, et il aurait pu écrire à l'éditeur d'Ornella. Mais il avait exprimé une telle ferveur pour sa passion monomaniaque...

Toutes ces idées défilèrent dans son esprit en quelques secondes pendant que sa mère déplorait sa mauvaise mine et lançait des supputations négatives sur la régularité de son alimentation.

— Il est remonté dans sa chambre tout à

l'heure. Si tu veux le voir, il ne va sans doute pas tarder à passer.

Il ne tarda pas. Sa réaction en découvrant Ornella en compagnie de sa mère fut plus proche de l'étonnement poli que de la stupéfaction simulée. Il y eut quelques phrases gourmées. Ornella évoqua un rendez-vous avec un artisan en fin d'après-midi.

— Mais cela nous laisse une heure. Si cela vous chante, nous pouvons faire quelques pas.

Ils partirent ensemble jusqu'au Campo Santa Margherita, jusqu'au Rio San Barnaba. Ornella désignait au passage quelques recoins secrets de son enfance. Non, Tiepolo n'était pas un prétexte. Soulagée, elle écouta tout ce qu'il en disait, avec une volubilité marquée, comme pour l'assurer qu'il n'y avait pas d'autre raison à sa présence. Quand il en vint à l'énigme de l'homme à la perche, l'œil d'Ornella s'alluma soudain.

— Écoutez, si vous n'avez rien de précis à faire demain, je crois que j'ai quelque chose à vous montrer, pour votre personnage.

Ornella avait méprisé l'autoroute. Après les terminaux pétroliers de Mestre, sa minuscule Fiat 500 — n'ayez pas peur, elle tient encore le coup ! — semblait de fait plus à l'aise sur les petites routes de la Vénétie. Dans la lumière voilée, on apercevait au loin les contreforts des Alpes. La monotonie du paysage un peu plat était sans cesse rompue par l'horizon d'un campanile, d'un château ruiné en haut d'une colline.

— Rassurez-vous, ça ne sera pas très long.

Antoine ne posait pas de questions sur l'issue du déplacement — cela faisait partie du code. Il n'avait pas voyagé en voiture depuis bien longtemps. Tasser ses longues jambes dans la vieille guimbarde d'Ornella avait quelque chose de rajeunissant, d'un peu ridicule aussi — il avait si peu l'habitude de se laisser conduire. Ornella avait même préparé des sandwichs au jambon qu'ils mangèrent sur les remparts de Cittadella.

— Il faudra que vous reveniez à Castelfranco. Un amateur de peinture ne peut ignorer la maison de Giorgione !

Ces phrases ironiques, faussement cérémonieuses, faisaient partie du code elles aussi, elles s'inscrivaient dans leur échange pour compenser la familiarité des situations — partage des sandwichs, étroitesse de la Fiat.

À Vicence, Antoine eut à peine le temps de happer çà et là, à travers le pare-brise, quelques somptueuses constructions palladiennes, le toit vert de la basilique, Piazza dei Signori. Ornella n'arrêta sa voiture qu'aux abords du Monte Berico. Près d'un couvent, la route se finissait. Ils s'engagèrent à pied dans la Via San Bastiano. Une émotion paisible gagnait Antoine. Il l'attribuait à la fois à la sérénité toute simple de la campagne, champs de blés mangés de coquelicots, les formes d'un verger au loin ; mais comptait aussi ce silence qui pouvait désormais s'installer entre Ornella et lui, et quelque chose en plus, la certitude un peu fantastique de rejoindre un lieu familier qu'on ne connaît pas encore.

Ils arrivèrent ainsi devant la Villa Valmarana, aux murs curieusement ornés de statues de nains. Ornella précéda Antoine dans le Palazzina, le bâtiment principal... Les murs en étaient décorés par des fresques de Giambattista Tiepolo, d'un académisme sans surprise. Antoine ne put s'empêcher d'esquisser un rictus de déception qui amusa Ornella.

— Soyez patient ! Après je vous emmène dans le pavillon des invités, la Foresteria.

Ils traversèrent un jardin sombre et frais, et tout de suite ce coup au cœur en découvrant sur les murs de la Foresteria les scènes bucoliques de Giandomenico : les paysans, les paysages saisis comme en abyme après leur promenade du matin, avec ces tons un peu pâles qui donnaient une aura poétique aux gestes les plus simples — le panier tenu sur ses genoux par une vieille assise, deux paysannes s'éloignant sur la route, leur fichu dans le dos, une montagne bleue à l'horizon.

— Quand il est venu à la Villa, Goethe a été saisi. On attribuait alors toutes les fresques à Giambattista, comme on l'a fait bien longtemps après. Mais il a parlé seulement de celles de la Foresteria, comme s'il avait deviné le secret.

Presque toutes ces œuvres étaient inconnues pour Antoine. Le *Mondo nuovo* de la Ca' Rezzonico mis à part, il existait si peu de reproductions de Giandomenico Tiepolo. Il se pénétrait du pouvoir serein de ces paysages, dans lesquels les personnages ne semblaient pas jouer des scènes de Goldoni, comme dans les tableaux de Pietro Longhi, mais s'incorporer au décor champêtre pour un accord avec leur vie, avec le monde. Il savait gré à Ornella de cette découverte, et déambulait, un sourire aux lèvres, dans les pièces de la Foresteria, quand tout à coup il s'arrêta, frappé de stupeur. Sur le mur en face de lui, c'était bien *Il Mondo nuovo*. Un autre *Monde nouveau*. La même plage, les mêmes oriflammes plantées dans le sable, le même bâtiment à coupole, sensiblement plus détaillé. Les mêmes femmes de dos penchées en avant, mais dans des robes blanches. Moins de figurants, mais une espèce de géant vêtu de noir et de blanc, comme une pie monstrueuse. Et puis l'homme à la baguette. Les basques de sa veste pendaient pareillement, mais il n'avait pas de bicorne. Et tout au bout de son bâton... Une bulle, une énorme bulle de savon, légèrement cabossée, allongée par le vent, sans doute. Au travers, on voyait un bout de mur diffracté, un bout de plage, et le haut d'une robe.

Ainsi résidait là le mystère de ce geste. La badine était en fait une immense paille, et le personnage un saltimbanque essayant en vain de profiter de la foule réunie par un spectacle invisible pour faire admirer... Quoi ? Rien. La seule irisation d'une pellicule infime, un petit pan de monde encerclé, suspendu. L'homme avait dû souffler si longtemps, si doucement. La bulle faite, il tenait à présent ses deux mains écartées sur la baguette, dans un geste délicat, comme un joueur de flûte. Personne ne le regardait. Tous étaient pris par un autre spectacle qu'on imaginait bruyant, peut-être violent, ponctué de rires ou d'ébahissements. Juste au-dessus de ce vacarme virtuel, quelqu'un proposait silence et transparence. Qui eût choisi de détourner les yeux vers lui ? Chacun avait sa bulle, sa propre manière d'enfermer le présent. Chacun était sa bulle, à la fois solitaire et contingent. Chacun surtout pensait qu'au-delà de sa bulle il partageait l'action, l'ivresse d'un moment où il se passe quelque chose. C'était peut-être cela, le message ignoré du saltimbanque. Il ne se passe rien. Juste quelques couleurs, un bout de mur, de plage, un froissement de robe. Le spectacle est juste à côté, juste un peu en retrait. Que vous sachiez ou non l'encercler dans une bulle, il monte dans les airs et disparaît. Mais avec d'infinies précautions, au bout de la baguette on peut tenir quelques secondes une illusion fragile, apprivoiser les formes, la lumière — quelques secondes.

Antoine s'approcha de la fresque. Comme pour celle de la Ca' Rezzonico, les tons, dans l'ensemble un peu plus bruns, semblaient à peine délavés. Quelques traces rouillées nageaient dans le ciel. Et la bulle elle-même ? Il se demanda s'il n'avait pas rêvé. L'instant d'avant, la scène lui paraissait évidente. Comment donner sens autrement au geste du saltimbanque ? Pourtant, pas la moindre bulle à la Ca' Rezzonico, ni dans un troisième *Monde nouveau* peint à l'huile sur une toile exposée à Paris, au musée des Arts décoratifs. Antoine connaissait bien cette autre étape du travail, dont la matière grasse et un peu sale lui semblait aller presque à l'encontre du charme léger de la fresque. Deux absences de bulle sur trois œuvres. Et celle-ci... De tout près, la sensation était étrange. On ne pouvait affirmer qu'il s'agissait des contours d'une bulle. Cela ressemblait davantage à une éraflure incertaine. Comment expliquer toutefois que la fresque fût endommagée à ce seul endroit, et que cet accident dessinât la forme d'une bulle, précisément au bout de la longue badine ?

Non, en se reculant d'un mètre, le doute n'était plus possible. Et cependant, il en restait quelque chose, une indécision vague qui donnait plus de prix encore à la révélation. La certitude de voir une bulle était de même essence que la bulle, aussi impalpable et menacée. Antoine respira profondément. Un sentiment de plénitude l'habitait. L'article qu'il pourrait écrire pour *Beaux-Arts* n'était pas en cause. À cet égard, il se réjouissait simplement de contribuer à la reconnaissance de Giandomenico Tiepolo, injustement lié de manière systématique à l'œuvre de son père, après avoir été si longtemps oublié. Mais le contentement d'Antoine était d'une autre nature. Malgré les apparences, et l'écart dans le temps, sa démarche vénitienne avait pour lui même sens que son travail sur Vuillard. L'essentiel n'était pas dans la reconnaissance des circonstances d'une scène, le rapport biographique des personnages avec l'auteur, mais dans d'infimes obsessions, des récurrences qui pouvaient prendre, pour Vuillard, la forme d'un geste — une couturière passant un fil dans le chas d'une aiguille —, un motif de tapisserie, une zone d'ombre suscitée par l'éclairage d'une lampe basse, et, pour Tiepolo, la présence ou non d'une bulle au bout d'une longue baguette. Cerner les métaphores secrètes d'une œuvre, non pour l'expliquer, mais pour ouvrir des pistes de lecture, des rencontres possibles avec les

questionnements les plus intimes des spectateurs, qu'on voit toujours de dos.

Antoine se retourna. Le regard d'Ornella
l'interrogeait.

Le tableau de Rossini était là, par terre, à côté de la porte de la chambre. À Paris, c'était normal, elle n'était pas chez elle. Mais ici, Calle Rovereto, cela soulignait son caractère clandestin. Ornella n'avait pas couru le risque de braver les questions de sa mère ou de Francesco. À chaque sonnerie sur le palier, elle avait pris ce réflexe de cacher la toile en haut de son placard avant d'ouvrir. Quelque chose à cacher, quelque chose à craindre. Elle ne pouvait s'empêcher par ailleurs de le garder sous les yeux, juste à portée de regard quand elle était couchée. La lampe d'opaline rousse posée à même le sol traçait à gauche une frontière qui suivait la courbe de l'épaule. La femme nue se lovait dans l'espace de la chambre, apaisée dans la lumière orangée. La partie droite éclairée plus directement interrogeait le mystère du carnet feuilleté par la femme habillée. Toutes deux paraissaient satisfaites et pensives. Elles bavardaient, probablement, mais sans la moindre gêne, à petits coups. Un conversation qui faisait du silence.

Les yeux rivés sur le tableau, ils essayaient de se diluer dans ce silence-là. Mais leur silence était plus lourd, plus difficile.

— Tu sais...

La voix d'Ornella se risquait enfin, un peu rauque.

— Tu sais...

Ils avaient fait l'amour tant mal que bien. Aucune ébauche de rapprochement physique avant la fin du trajet de retour. Au contraire — une distance nouvelle. L'incertaine révélation de la Villa Valmarana avait changé quelque chose. Il y avait désormais une bulle entre eux, ou autour d'eux. Difficile d'évaluer son volume, sa consistance. Au dernier moment, ils s'étaient risqués à en cerner les contours avec des gestes lents, et surtout pas un mot. Mais cette gravité dans l'amour ne pouvait qu'éveiller le fantôme de Marie. Ornella l'avait senti avant Antoine. À une infime réticence dans les caresses d'Ornella, il avait compris tout à coup son inquiétude. Une ligne de fracture. Désormais, ils s'étaient regardés faire l'amour, avec une bonne volonté plutôt gauche et presque camarade. Ils y avaient gagné ce tutoiement qui semblait d'évidence — le privilège du risque.

— Tu sais... C'est drôle, mais chaque fois que je fais l'amour, je sais que cela disparaît à l'avance de ma mémoire.

Et comme Antoine se contentait d'un vague acquiescement, elle poursuivait :

— Je vois ça comme une espèce de lutte. C'est le temps qui nous tue, mais quand on fait l'amour on arrive à le tuer à son tour. On peut se souvenir de tout, mais pas de ça... Je déteste les romans où l'on dissèque les gestes de l'amour. Le personnage principal des romans, c'est toujours le temps, et le temps de l'amour physique n'existe pas.

Antoine n'aurait su dire s'il partageait cette idée. Des ombres confuses s'approchaient. Plutôt que de leur donner corps, il préféra s'intéresser à Ornella.

— En tout cas, dans *Granité café*, il n'existe pas.

Elle resta songeuse quelques instants.

— Oui. Je ne me suis pas posé la question en fait... En même temps, je crois qu'on fait l'amour avec tout ce qu'il y a dans *Granité café*. Les odeurs, les couleurs, les souvenirs, l'ennui, l'attente. Il y a tout cela après, dans l'amour. Mais les gestes d'amour décrits avec des mots, filmés, photographiés, n'en disent rien.

Leur silence reprit les formes du tableau de Rossini. Ils le regardaient ensemble. Le parallélisme de leur attitude soulignait pourtant des différences possibles dans leur façon d'intégrer la toile. Auraient-ils jamais cette intimité facile des deux femmes sur le lit-sofa ? Peut-être après tout n'était-ce pas nécessaire. Ils s'étaient frôlés, mais ce frôlement même était inscrit dans une quête aux enjeux inégaux.

— Tu n'as pas eu le temps de regarder si on trouvait trace d'un Rossini dans les relations de Vuillard ?

Pourquoi n'avait-il pas envie de répondre ?

— C'est étrange que tu n'aies jamais pu deviner pourquoi ton grand-père avait été banni à ce point de la mémoire familiale.

— Oh ! C'était tellement lourd... Je pense que c'était lié à un départ, une autre femme, ou d'autres femmes. Tu sais, reprit-elle en souriant, on est très puritain, chez moi.

Antoine marqua une pause.

— C'est peut-être absurde. Mais je crois qu'il y a autre chose.

Ce petit bistrot de plein air, à l'entrée des « Jardins ». Giardini : la station du *vaporetto*, après toutes celles qui imposent un devoir de mémoire ou une obligation touristique — Rialto, Ca' Rezzonico, Accademia, San Marco —, semblait une évidence buissonnière, une halte légère, pour le plaisir. Plus loin, le vaporetto de la ligne 1 ne conduisait qu'au Lido. Antoine descendit à Giardini. Vert profond des arbres, des massifs, poussière blonde dans le soleil, et cette terrasse de café d'un autre temps — il se dit qu'il aurait pu y attendre un car désuet, qui l'aurait brinquebalé sur une route de campagne. Mais non, la route, c'était la mer, et il n'attendait rien. À la table d'à côté, deux jeunes hommes discutaient avec un sérieux emphatique. Il ne les gênait pas, n'existait pas même à leurs yeux. Il pouvait se fondre et s'oublier, devenir seulement l'amertume de son expresso, le logo Segafredo sur la tasse, les taches de soleil qui ocellaient le sol, la gravité de cette discussion qui ne le concernait pas. À quelques pas de là, des enfants venaient d'abandonner quelques instants une partie de football, et se pressaient à présent autour d'une fontaine.

Giardini. Un nom commun devenu propre. Il disait qu'on avait le droit de ne rien faire, de ne rien dire, de regarder les autres embrasser l'avenir, ou jouer au football. Les murs d'un palais ocre au loin, une brise d'espace sur la mer, juste au-dessus des frondaisons. Giardini. À côté, en retrait, un mot pour le sombre et le frais. Pas besoin d'article pour le définir. On pouvait rester dedans tant qu'on voulait. Un mot expresso, logo publicitaire, après-midi d'été, lumière tamisée dans beaucoup d'ombre. Et même le débraillement un peu poisseux des gens affalés sur les bancs prenait cette tonalité de vert profond. Giardini.

Il se déplia à regret, reprit sa marche vers Sant'Elena. Le quartier d'Ornella faisait encore partie de Venise, mais avec un recul, une ampleur pacifiants. Dans les allées du Parco Delle Rimembranze, on apercevait la Salute au loin, comme si la ville fût devenue une île accessible et distante. On la voyait se dessiner sous le toit presque régulier des pins maritimes. En lui tournant le dos, on abandonnait les pins pour des tilleuls, on s'approchait d'un terrain de basket qui avait pris la patine de ces lieux où le plaisir n'est plus obligatoire, goudron grisé, panneaux vieillis. D'ailleurs les enfants y jouaient au foot, comme pour souligner cet apprivoisement manifeste des lieux à la fantaisie des habitants. Une petite terrasse de café. Les rares touristes qui venaient jusque-là cherchaient autre chose, une sérénité provinciale, une tranquillité d'un autre temps.

Il ne passerait pas d'autre nuit, Calle Rovereto. Entre Ornella et lui, c'était comme un accord secret. Leur tentative plutôt maladroite pour faire l'amour les avait délivrés d'une tension, et donné d'emblée à leur début d'amitié une assise différente, comme s'il eût finalement été réconfortant de se dire que ce langage-là ne convenait pas, qu'ils étaient libres désormais de pénétrer une autre bulle. Antoine avait réservé pour huit jours supplémentaires la chambre de l'hôtel Felice.

Il aimait bien la maison ancienne où Ornella avait trouvé un appartement, au premier étage. Une atmosphère sombre et fraîche régnait dans la cage d'escalier. Une odeur indéfinissable, un peu humide, mais qui contenait des atomes de vie, comme dans le film d'Ettore Scola qu'il aimait tant, *La Famille*. Il appuya quatre fois sur la sonnette, mot de passe pour éviter à Ornella de cacher le tableau. C'était bon, cette complicité cristallisée autour de la toile de Rossini qui gagnait les gestes quotidiens. Ornella lui trouva l'air énigmatique. En fait il redoutait sa réaction, et sans se l'avouer avait éprouvé le besoin de différer le début de révélation qu'il apportait.

Il finit par tirer une disquette de la poche de sa chemise. L'ordinateur d'Ornella émergeait à peine d'une construction périlleuse de livres empilés dans tous les sens sur son bureau, comme pour conjurer la froideur de cet objet auquel elle avait fini par se résigner sans enthousiasme. Pour Antoine, au contraire, la sensation d'ubiquité provoquée par toutes les technologies modernes constituait une espèce de baume : les époques révolues, le présent, les lieux les plus éloignés du monde se télescopaient sur l'écran dans une espèce de lévitation abstraite qu'il était rassurant d'appeler la vie, une apesanteur affective à la fois magique et monocorde.

— On peut savoir ? interrogea Ornella.

Mais sans répondre il avait allumé l'ordinateur, introduit la disquette. Elle saisit un tabouret, s'installa à côté de lui. Les volets tirés contre la chaleur de l'après-midi laissaient filtrer une lumière d'autrefois, et ils étaient là, silencieux devant le petit carré bleu. Il arrêta de pianoter sur le clavier. Un texte s'inscrivait.

« JOURNAL D'ÉDOUARD VUILLARD

28 novembre 1919

Passé l'après-midi dans l'hôtel particulier de Sacha Guitry et d'Yvonne Printemps, avenue Élisée-Reclus. Sacha veut deux portraits d'Yvonne. Elle est très drôle, avec un air canaille auquel il est difficile de résister. Je dois faire partie des hommes avec lesquels elle n'hésite pas à se livrer sincèrement. Pas de danger. Pas son territoire de chasse. Sacha en peignoir de soie, grand seigneur ironique en apparence, mais complètement sous le charme. Convenus que je reviendrai la semaine prochaine.

29 novembre

Visite du jeune Italien dont Pierre m'avait vanté les mérites. La trentaine. Mal rasé, des yeux farouches. Il est venu avec deux toiles sous le bras. Très volubile. Il n'en tient que pour Bonnard et moi, avec un enthousiasme un peu délirant. Sa peinture est intéressante, mais c'est autre chose. Une tendance plus conceptuelle. Maintenant, tout dépendra de son évolution, ce que je lui ai dit. M'a demandé si j'accepterais de travailler devant lui. Répondu que cela me gênait. Lui ai proposé de venir plutôt peindre un après-midi avec moi. »

Il arrêta le défilement de la disquette et se tourna vers Ornella. Elle craignit un instant que ce fût tout, mais la petite lueur qui brillait dans les yeux d'Antoine ne pouvait lui donner le change.

— On continue ? interrogea-t-il avec le sadisme du démiurge, tandis qu'elle inclinait simplement la tête pour implorer la fin de ce petit jeu.

« *4 décembre*

Chez les Guitry en fin de matinée pour les portraits d'Yvonne. Assez bien croqué son expression pour un gros plan. En ce qui concerne le second tableau, j'envisage plutôt un intérieur, avec Yvonne assez lointaine sur un sofa, noyée dans les motifs de la tapisserie, des étoffes, un camaïeu de rouges.

Après-midi rue de Calais. Sandro Rossini là dès trois heures. J'avais fait venir Marie-

Olympe et Rachel pour une séance de pose. Assez bien travaillé. Rossini dessinateur passable, avec un excellent sens du geste. Mais atmosphère alourdie peu à peu par son comportement. Obséquieux à mon égard, exagérément familier avec les modèles, un peu homme à femmes sûr de son fait. Plaisanteries antisémites de mauvais goût à l'égard de Rachel. Lui ai manifesté quelque froideur. Différé dans le vague sa proposition de nous revoir. »

Antoine aimait désormais prendre le vaporetto. Pour un peu, il se serait senti faire partie des vrais Vénitiens, ceux qui lisent le journal au lieu de regarder le paysage. Dans vaporetto, il y avait le teuf-teuf d'un moteur fatigué, la rouille d'une coque ancienne. Il y avait vapeur aussi, cette brise maritime qui montait après la Salute, jusqu'aux rives de la Giudecca, aux frondaisons de Giardini, après la Riva degli Schiavoni. Dans le gris-bleu de cette imperceptible mouillure, on se sentait soulevé, allégé par un air libre et tellement civilisé.

L'employé qui annonçait les stations comptait davantage que le conducteur, caché derrière les vitres de sa cabine. Il faisait coulisser le portillon métallique pour permettre aux gens de descendre et de monter. Mais l'important, c'était son geste pour nouer la corde et amarrer deux minutes à peine le bateau. On ressentait une ampleur tranquille et presque triste dans ce geste du bras qui nouait la corde avec une perfection nécessaire et dérisoire, puisqu'il faudrait, quelques secondes plus tard, le même mouvement inversé pour la dénouer, et laisser le bateau filer au centre du Grand Canal.

En cette fin d'après-midi, ils avaient pris la ligne 82. Après la Piazzale Roma, presque tout le monde était descendu. Ils purent s'asseoir à l'avant du vaporetto pour longer la laideur des parkings géants qui se dressaient comme un enfer, un envers de la ville. Sur le Grand Canal, le vaporetto faisait la loi. Mais sur le Canal de la Giudecca, il semblait minuscule, quand il s'approchait d'un immense tanker rouillé battant pavillon turc, ou d'un vaisseau-palace grec conçu pour des croisières aseptisées. L'ocre des palais, le bleu lavé de la mer se chauffaient au soleil penché. Antoine avait froid juste un peu, froid d'embruns, d'espace, de trop de chaleur et de beauté offertes au long du jour et maintenant amenuisées. Ils descendirent n'importe où, de l'autre côté, vers Chiesa delle Zitelle, l'« église des vieilles filles ». Ils marchèrent longtemps le long du quai, puis s'assirent sur le sol, éblouis par le soleil oblique tapant sur la pierre.

C'était une relation étrange. Ils se savaient si différents l'un de l'autre, par l'âge, par la vie, et par le regard sur la vie. Ils étaient à Venise ensemble, mais Venise n'était qu'une différence de plus, territoire d'enfance pour Ornella et, pour Antoine, aversion ancienne qui se diluait au fil des jours. Pourtant, c'était facile entre eux. Grave et sans conséquence. Le temps qui leur était donné ne pouvait se dissoudre en demi-pudeurs, en inutiles réticences.

— Comment vit-on, après ?

Assise en tailleur sur le quai, Ornella avait osé cela, après un long silence. Détournant son regard vers la Salute, tout au loin, Antoine avait paisiblement cherché ses mots. Personne ne lui avait jamais posé la question. Mais comment l'aurait-elle surpris ? Il acceptait de répondre, hésitait seulement à choisir la formulation. Chaque mot semblait obéir à une vérité intérieure qu'il ne fallait pas détourner.

— Tu sais, dit-il enfin, il y a un passage étonnant, dans *Du côté de chez Swann*. Le grand-père du narrateur fait une visite de condoléances au père de Charles Swann, qui vient de perdre sa femme. En sortant de la chambre mortuaire, ils font quelques pas dans le jardin, et M. Swann dit quelque chose comme : « Ah ! quel bonheur de se promener ensemble par ce beau temps... On a beau dire, la vie a quand même du bon ! » Et il a à peine fini de prononcer ces phrases qu'il se rend compte de leur aberration, mais il se contente de prendre un air stupéfait et de secouer la tête... Je crois que j'aurais bien aimé connaître ce genre de réaction absurde et spectaculaire, à l'occasion, même si le retour à la réalité n'en doit être que plus douloureux. Mais, ajouta-t-il à voix très basse, et comme s'il ne parlait plus que pour lui-même, je n'ai jamais connu ce genre de fracture, si ce n'est dans mes rêves. Par contre, Proust fait dire un peu plus loin à son personnage une phrase où je me reconnais davantage : « Je pense très souvent à ma femme, mais je ne peux y penser beaucoup à la fois » — ce qui ne l'empêche pas de mourir de chagrin deux ans après. Je ne suis pas mort de chagrin. Certains matins, je mets du temps à me convaincre que c'est fini — je déteste le matin. Mais rien n'a changé chez moi. Il y a des photos de Julie un peu partout, et ses jouets en désordre dans sa chambre. Pour Marie, c'est plus abstrait peut-être. Elle revient parfois par elle-même, détachée, mais elle est aussi toujours présente, comme une ombre qui se profile à l'infini sur toutes les sensations.

Il hésita.

— Y a-t-il des moments de vrai oubli ? Je crois que oui, mais je n'en suis pas sûr. Je n'en serai jamais sûr. C'est cette incertitude-là qui fait le jour. Voilà...

Il avait parlé si longuement dans le jour finissant, éblouissant, léger.

— Alors, fit-il comme pour s'ébrouer, quand rendons-nous visite à l'oncle Vincenzo ?

— Je ne sais même pas s'il est encore en vie. De toute façon, on ne s'est jamais occupés de ces gens-là, avait dit Francesco avec une moue méprisante. Mais pourquoi cette question ?

Et Ornella s'était faite évasive. Comme ça, juste pour savoir. Elle avait interrogé son frère à contrecœur. La thèse d'Antoine ne la convainquait pas. Même aux heures les plus sombres du fascisme, le peuple italien s'était toujours opposé aux nazis pour défendre les juifs. Au lycée, on lui avait parlé du mémorandum de l'ambassadeur d'Italie à Berlin, Dino Alfieri, rapportant avec une émotion profonde les mesures prises par les nazis contre les juifs. Pressé par les Allemands d'adopter une attitude similaire, Mussolini avait d'abord feint d'obtempérer, avant de faire volte-face et de confier le traitement du problème juif dans les zones italiennes à la police civile transalpine, en 1943. Le manuel d'histoire mettait en valeur le courage du commandant Lospinoso résistant à toutes les intimidations de la Gestapo pour sauver près de cinq mille réfugiés juifs.

Antoine ne pouvait s'empêcher de sourire en voyant Ornella s'échauffer. Le sujet demeurait sensible. Il se souvenait pour sa part d'un livre de Primo Levi évoquant une réalité bien différente. Il sentait qu'il avait touché un point délicat. Ornella était prise entre deux feux. Son désir de connaître la vérité se heurtait à une inquiétude palpable de découvrir une vérité qui ne lui conviendrait pas. Quand Antoine l'avait interrogée sur l'existence éventuelle d'un témoin susceptible de lever ses doutes, elle avait fini par concéder à regret le nom de Vincenzo. Un oncle qu'elle n'avait jamais rencontré, dont elle ne savait à peu près rien. Des bribes de conversation, une haine tenace. Ne pas savoir. C'est ce mystère à présent qui troublait Ornella. Elle découvrait ce qu'elle n'avait jamais osé se dire, parce que c'était plus commode : de simples escapades extra-conjugales de son grand-père n'auraient pu justifier une telle scission dans la famille.

— Burano..., fit-elle pensivement. Chez

moi, c'était tabou. Il ne fallait pas aller à Burano. Toutes les raisons étaient bonnes. J'ignore s'il vit encore, mais maintenant j'en suis sûre : il devait vivre à Burano.

Une simple connexion sur Internet leur en apporta bientôt la confirmation : il y avait bien un Vincenzo Rossini à Burano. Ornella et Antoine se retrouvèrent donc un matin sur le vaporetto bondé de touristes qui partait pour les îles de la lagune. Le gros de la troupe les abandonna à Murano, en quête sans doute de verroteries-souvenirs. Antoine retrouva une partie de sa hargne ancienne pour fustiger leur panurgisme. Le détour par Burano ne valait guère mieux, mais, une fois oubliée la venelle où s'amoncelaient les étals de dentelles, la chaleur de midi leur livra une curieuse cité miniature. Les petites maisons de couleurs vives — rouge, bleu, jaune, vert — composaient un décor de commedia dell'arte. Sur les dalles plates, entre les canaux, un appareillage ingénieux et primitif de perches légèrement inclinées, soutenues par la tension des cordes à linge, servait de support à une gigantesque lessive où les caleçons de bain bariolés voisinaient avec les maillots de corps blancs, les larges culottes de pilou avec la lingerie la plus suggestive. Une femme âgée, les cheveux relevés sous un fichu noir, brossait à grande eau un trottoir qui semblait impeccable.

Depuis l'accostage à Burano, Ornella se faisait à chaque minute plus silencieuse et plus pâle. C'est Antoine qui se risqua à interroger la vieille. Au nom de Rossini, elle les inspecta tous deux d'un air soupçonneux, puis finit par désigner une minuscule maison peinte en rouge, à quelques pas de là. Un ronron de radio filtrait à travers les lanières de plastique bigarrées de la portière. Ornella fit un signe de dénégation, et s'apprêtait à faire demi-tour, mais déjà Antoine s'était avancé dans l'ombre. Accroupie sur le sol, le cœur battant la chamade, Ornella attendait. Au bout de quelques minutes la radio s'arrêta. Un bourdonnement de conversation lui succéda un long moment. La vieille avait arrêté son nettoyage et contemplait la scène. Enfin le rideau s'écarta, et Antoine fit signe à Ornella de le rejoindre.

Un invraisemblable désordre régnait dans la pièce, vaisselle sale dans l'évier, vêtements en attente de repassage sur une chaise, vieux journaux amoncelés partout, articles jaunis épinglés sur les murs. Des fonds d'artichauts trempaient dans une casserole posée sur la table. Un repaire de vieux célibataire — la pièce ne révélait aucune présence féminine.

L'homme qui s'était levé à l'entrée d'Ornella portait encore beau, en dépit d'un embonpoint confortable et d'une barbe de trois jours. Stature haute, des traits longs et fins, le nez busqué, des cheveux blancs et drus. Il s'exprimait dans un français très passable, qu'il n'abandonna pas en découvrant Ornella.

— Assieds-toi, asseyez-vous, si vous trouvez de la place... Pas l'habitude des visites, fit-il en inclinant une chaise pour faire déguerpir un vieux chat noir.

Derrière la bougonnerie affectée, sa gêne était sensible.

— J'ai entendu parler de ton bouquin dans le *Corriere della Sera*. J'avoue que cela m'a fait drôle. Un livre de ma nièce, sa photo. Enfin, je ne sais pas si on peut dire ma nièce pour quelqu'un qu'on n'a jamais vu.

Un long silence s'installa. Il aurait pu se prolonger indéfiniment. Des enfants passèrent en riant sur le quai, mais les volets étaient tirés. Antoine sentait qu'il devait prendre les rênes. Il se lança dans une tentative d'explication de leur présence. Vincenzo marmonnait en secouant la tête avec une expression désabusée. Ornella pétrifiée n'avait pas prononcé le moindre mot. Ils ne lui facilitaient pas la tâche. Le soliloque devenait plus solennel et maladroit encore en se heurtant au mutisme des intéressés. Antoine semblait à présent à court d'arguments. Alors, les yeux rivés sur la table, comme s'il ne voulait pas fixer ses interlocuteurs, Vincenzo Rossini prit lentement la parole, hésitant sur chaque mot, en proie à une forte émotion.

— Oui, nous formons une curieuse famille. Je ne sais pas quelle version des faits ta mère t'a donnée, fit-il en se tournant vers Ornella.

Cette dernière articula d'une voix blanche :

— Aucune. Rien que du silence et quelques phrases volées ici et là...

Vincenzo sourit douloureusement.

— Bien sûr... Et après tout, cela valait peut-être mieux. Et puis tu n'avais pas le choix. Ta mère n'était qu'un bébé, quand tout ça s'est passé. Moi, j'avais déjà onze ans...

Il sortit de sa poche un paquet de tabac et un carnet de feuilles, commença à rouler une cigarette pour se donner une contenance moins solennelle. Mais l'épaisseur du silence ne pouvait donner le change.

— Les convictions antisémites de Sandro Rossini étaient connues depuis longtemps. Et puis il y a eu l'histoire de Fossoli. Six cent cinquante juifs avaient été réunis là en 1944. La Gestapo a reçu paraît-il des lettres dénonçant les thèses antinazies des dirigeants italiens qui s'occupaient du camp. Toujours est-il que, le 21 février, la Gestapo a débarqué. Le lendemain, tous les juifs étaient emmenés en autocar, puis enfournés dans douze wagons, et partaient pour Auschwitz. Ces lettres de dénonciation étaient-elles réelles ou non ? La fin de la guerre est arrivée très vite, et la chasse aux sorcières a commencé. Mon père a été accusé. Il travaillait à la poste, mais sa vraie raison de vivre était sa peinture. Il avait un petit atelier sur la Giudecca. Avant qu'on ne l'arrête, il a eu le temps d'y mettre le feu. On a retrouvé les débris de son corps calciné, et pas la moindre toile.

Il n'avait pas fini de rouler sa cigarette, mais croisa le regard d'Ornella.

— Voilà. Tu sais à peu près tout. Le nom de Rossini était devenu suspect à Venise. On m'a envoyé dans un pensionnat à Turin. Ma mère a repris son nom de jeune fille, et m'a contraint à l'adopter aussi. La première fois que je suis rentré du collège, pour Noël, je n'ai plus retrouvé un seul des tableaux de mon père dans la maison, aucune de ses affaires. Paola était née, mais je la connaissais à peine. Toute allusion à mon père était proscrite — je crois que la famille de ma mère a pesé de tout son poids. Je ne l'ai pas supporté. J'aimais mon père. Il m'emmenait au foot, et souvent j'allais le regarder peindre dans son atelier de la Giudecca. Et puis...

Il prit le temps de lisser de la langue sa cigarette enfin terminée.

— Et puis je n'ai jamais cru à cette histoire de lettres anonymes. Mon père était antisémite, c'est sûr, mais je ne pouvais l'imaginer commettre un tel acte... Le temps a passé. À chacun de mes retours à Venise, je me heurtais violemment à ma mère. À l'adolescence, j'ai voulu à nouveau m'appeler Rossini. Quand ma mère est morte, je ne suis pas allée à son enterrement. Je savais qu'elle avait pris un hôtel, et Paola lui a succédé. Moi, je ne pouvais pas faire pousser une petite vie tranquille sur ces racines-là. Je suis parti sur les routes, pigiste dans tous les journaux qui voulaient bien de mes récits de voyage, ou de mes reportages. Certaines fois, quelque part en Macédoine ou en Anatolie, j'ai cru au lever du jour. Mais au bout du compte, le voyage n'a rien effacé. Je suis revenu. Pas à Venise, mais juste à côté. Presque tous les jours, je vais faire un tour à San Michele. Mon père n'y est pas enterré — il n'est enterré nulle part — mais c'est là qu'il aurait voulu être, alors, pour moi, c'est la même chose.

Antoine prétexta un coup de téléphone à

donner pour les laisser tous les deux. Il partit fumer le long du quai. Il s'en voulait d'avoir favorisé cette rencontre qui allait bouleverser le regard d'Ornella sur son passé. Mais il fallait connaître la vérité. Il ne pouvait en même temps s'empêcher de penser, de manière égoïste, que quelque chose allait se terminer là, ce lien fragile entre Ornella et lui, puisqu'ils se trouvaient désormais au bout de la quête. Il les vit sur le seuil, graves et déjà presque complices. Ornella plongeait ses yeux dans ceux de Vincenzo et lui disait : je reviendrai.

Marcher très tôt. Surprendre la façade du café Florian à six heures du matin. Entre les colonnes grises, les stores remontés, chiffonnés par une nuit de sommeil comme des draps froissés. Seul l'un d'entre eux est resté déployé pour protéger le piano. Il a plu cette nuit, et la place est détrempée. Le piano solitaire est si loin d'évoquer cette musique racoleuse qui s'installe chaque soir pour justifier le doublement du prix des consommations, les violons curieusement mêlés à l'accordéon faisant assaut de virtuosité en jouant Offenbach, Paganini et les standards américains les plus sucrés. Ce matin, le piano entouré d'un océan de plantes vertes pourrait jouer un prélude de Bach. Des notes comme des gouttes d'eau tombant une à une du store. Une première lame de soleil pâle coupe les chaises jaunes et blanches empilées. Une femme traverse la place en diagonale, et le bruit de ses talons fait résonner l'espace — de temps à autre le métronome se dérègle : elle a dû éviter une flaque. Rester longtemps assis sur les marches du café, fumer une cigarette sous les lions de pierre.

Antoine n'a plus de raison de rester à Venise. Il a commencé son article sur Tiepolo. Il le terminera à Paris. Vuillard... Curieusement, il a eu envie d'écrire sur le tableau *Mme Vuillard arrosant ses jacinthes*. Une idée l'a traversé. Cette tendresse légèrement ironique (Mme Vuillard), si conquise, si maîtrisée, Vuillard ne l'a jamais complètement éprouvée. Il savait seulement peindre, c'est-à-dire se détacher des choses au moment précis où on les fait exister. Quelqu'un qui saurait vraiment aimer sa mère ne peindrait pas *Mme Vuillard arrosant ses jacinthes*, ou *Mme Vuillard tenant un bol*. Cela n'a rien à voir avec les recherches lilliputiennes, la maîtrise objective des circonstances qui ont entouré la création des tableaux. Mais c'est comme le rayon de soleil qui traverse la place Saint-Marc : un éclairage différent, une révélation qui peut s'évanouir dans l'instant.

C'est tout à fait nouveau, cette sensation de fêlure qu'il imagine dans l'univers de Vuillard. Jusqu'à présent, ce choix de l'intérieur — toujours des chambres où l'on pourrait rester malade, des salons étouffés par le poids des étoffes, un éclairage de petit jour derrière une fenêtre, mais plus souvent de lampes basses allumées sur fond de papier peint — lui apparaissait comme la marque d'un monde indéfectible, où il avait plaisir à s'enfoncer parce que rien ne pouvait s'y passer — rien d'autre que l'aventure du style. Bien sûr, il sentait cette mélancolie qui s'attachait à l'inclinaison d'une épaule, cette femme cousant de dos près de sa compagne, sous la suspension. Bien sûr, sous la quiétude apparente de la scène, il aimait qu'on puisse envisager des pistes opposées, tristesse, sérénité, attente, blessures, espérance, résignation. Mais la force de cette incertitude était une question de forme, le chemin audacieux, presque maladroit, de la ligne d'épaule.

D'une toile à l'autre, il analysait cette évolution rigoureuse dans l'audace et la maîtrise du geste. Une couseuse détachait son bras dans l'espace et c'était *L'Aiguillée* — l'intention à peine exagérée inscrivait une plus exacte vérité. Au-delà, c'est la vie qui était en jeu, dans ce qu'elle pouvait avoir de plus ténu, de plus humble, ouverte mystérieusement à une forme d'éternité en vertu même de cette humilité, comme s'il n'y avait pas de hasard. Le tableau juste ne pouvait naître que d'un sujet infime, habituellement déconsidéré. C'était vrai depuis les liseuses de Vermeer, les natures mortes de Chardin, et Vuillard n'était que cela. Mais Antoine situait cette recherche dans une espèce d'épure esthétique, protectrice et fermée. La rencontre d'Ornella, la lecture qu'il avait voulue anecdotique de *Granité café*, l'histoire étrange de la bulle de Tiepolo, et plus encore le destin de Sandro Rossini orientaient tout cela dans une perspective légèrement différente. Pas de contradiction — il lui semblait que toutes ces expériences ne pouvaient qu'enrichir l'univers à découvrir dans Vuillard — mais une interrogation nouvelle sur la fragilité de l'homme Édouard Vuillard, sur les manques secrets qui peuvent pousser quelqu'un à devenir créateur, l'équilibre entre un pouvoir et une insuffisance. Celui qui veut garder les instants n'est-il pas toujours aussi celui qui ne sait pas les vivre ? Ce questionnement n'obéissait à aucune logique, plutôt à une mise en rumeur : la quête d'identité de Giandomenico Tiepolo, le rapport entre le passé inconnu, redoutable d'Ornella, et son désir de capturer le moment pur. Désormais, Antoine sentait qu'il ne revendiquerait plus son sujet avec la modestie ostentatoire du chercheur biographe qui se cache derrière son sujet.

Une sérénité mélancolique le gagnait, tandis qu'il se levait, traversait à son tour la place en diagonale, se dirigeait vers la Riva degli Schiavoni. De l'autre côté du Canal, la Douane de mer ouvrait un espace. Apprivoiser les secrets de Vuillard ne serait plus pour lui se mettre à l'abri, se divertir, étouffer sa mémoire. Toutes les heures passées avec Marie, avec Julie, pouvaient s'insinuer aussi dans le silence des couseuses et le cercle des lampes. Son principe de vie ne pouvait rester indemne de la vie.

Avec Ornella, pour la première fois il avait dû trouver les mots pour dire son rapport au passé, au chagrin imprimé dans la chair de chaque jour. Quelque chose en était irrémédiablement changé. Il pouvait tout garder, et tracer cependant une bulle autour de ce matin d'été. Les Vénitiens se levaient tôt, achetaient *Il Gazzettino* dans les kiosques vert sombre, marchaient très vite vers le traghetto. Il avait tout son temps. Il s'arrêta longtemps sur le pont de l'Accademia, accoudé au parapet. Souvent, quand il a plu la nuit, le point du jour hésite.

Le succès de *Granité café* ne se démentait pas. Près de deux ans après sa parution, le livre n'en finissait pas de vivre une vie atypique. On ne le mettait plus en exergue dans les librairies italiennes et cependant il ne disparaissait pas des listes des meilleures ventes. Ornella n'avait pu s'empêcher de s'intéresser au début de l'aventure à ces classements hebdomadaires. Au-delà d'un incontestable plaisir de vanité, elle éprouvait là une satisfaction plus essentielle, la certitude d'exister. C'était absurde, bien sûr : la plupart des titres ainsi rassemblés n'avaient rien de littéraire, et leur pouvoir de vente annonçait paradoxalement leur vitesse de disparition, une fois le produit consommé. Mais il y avait çà et là un auteur qu'Ornella respectait, curieusement mêlé à cette compétition mercantile infantilisante — c'était si étrange de lire son propre nom à côté du nom vénéré. À Milan, chez l'éditeur, on commençait à s'agiter. Pouvait-on évoquer, sinon la parution imminente d'un autre titre, au moins l'annonce d'une publication future ? Devait-on se méfier des propositions d'une autre maison d'édition ?

Ornella ne savait pas si la rencontre avec Vincenzo Rossini s'était produite au meilleur moment, ou au pire. Elle ne pouvait attribuer à la confession de Burano son impossibilité d'écrire, qui la taraudait depuis de longs mois. Mais la découverte de ce passé lourd interrogeait ce rapport au monde que révélait *Granité café*. Tout le courrier qu'elle recevait, tous les témoignages de lecteurs concordaient : on lui était reconnaissant d'avoir su inscrire dans le temps et l'espace des sensations détachées du temps, dans lesquelles chacun se reconnaissait pour avoir éprouvé non les mêmes, mais leur équivalent dans un lieu différent, avec une intensité perdue. Esprit d'enfance : cette expression revenait, reconnaissante chez les lecteurs, souvent ironique chez les critiques ou les éxégètes qui théorisaient sur le succès de *Granité café*. Et voilà que les pistes de cet esprit se brouillaient. Maintenant, elle revisitait tous les silences, les non-dits qui avaient entouré son enfance, son adolescence. Elle ne pouvait s'empêcher de penser que c'était l'accumulation de ces tensions, de ces réticences, de ces drames sous-entendus qui l'avait conduite vers l'écriture d'abord, puis vers l'écriture de *Granité café*, la création d'un monde encerclé dans le présent. Cette intensité des sensations qu'on reconnaissait à son livre était moins celle de son enfance que d'un pouvoir d'enfance recréé, libéré sous l'étreinte du passé. Le besoin sourd venait de loin. La paix conquise avait son poids de nostalgie.

Elle s'asseyait en tailleur au pied de son lit devant le tableau de Sandro Rossini, la seule trace qui restait de son grand-père. Ce dernier était-il coupable ? Tout, autour d'elle, l'avait suggéré sans le dire. Mais à Burano, un vieil homme seul pensait le contraire. Personne ne saurait jamais ce que contenait le carnet que les deux femmes regardaient, sur le lit-sofa. Des dessins probablement, des ébauches de formes et d'attitudes qui les représentaient peut-être. Marie-Olympe et Rachel. Pour Ornella, c'était un peu comme si elles feuilletaient *Granité café* : un carnet d'esquisses.

Sur un banc rouge écaillé, Campo Santa Margherita. Ils vont laisser venir le soir. C'est le dernier pour Antoine à Venise. Dernier. C'est drôle. Dans *Granité café*, le soir Campo Santa Margherita ne pouvait être le dernier. Ils vont parler, avec de longs silences familiers. Les petits vieux vont s'en aller, la rumeur va monter un peu, quelques bouffées de musique au café du coin, ce bleu presque mauve de tous les soirs du sud, quand les villes s'allument dans l'air chaud. Ils ne se quittent pas — ils sont toujours restés ensemble solitaires. Ils se reverront peut-être, mais pas n'importe comment, pas juste comme ça, au hasard d'un voyage. Chacun a changé la vie de l'autre. Ce lien-là porte-t-il un nom ?

Elle dit qu'un jour elle trouvera peut-être dans une librairie un album sur Vuillard, mais elle sait bien : le livre sur Vuillard n'a de sens que s'il reste infiniment loin. Non, c'est lui qui verra bientôt dans une vitrine parisienne le deuxième livre d'Ornella. Mais elle hoche la tête. Il n'y aura peut-être jamais de deuxième livre, ou de second. Elle va arrêter la promotion, reprendre ses cours, à Ferrare ou ailleurs, retrouver la vraie vie. Si elle écrit encore, ce sera peut-être un roman — elle doit se débattre à présent avec le cours du temps. Et le tableau ? Elle hésite un peu, remonte ses cheveux.

— Je crois que je vais l'emporter à Burano.

Puis elle sourit, se tourne vers Antoine.

— Avant de partir, tu ne veux pas revenir à la Villa Valmarana ?

Il fait signe que non, en allumant sa cigarette.

— Pourquoi ? Peur d'être sûr que la bulle existe, ou peur d'être sûr qu'elle n'existe pas ?

— Peur d'être sûr.

DU MÊME AUTEUR

Aux Éditions Gallimard

LA PREMIÈRE GORGÉE DE BIÈRE ET AUTRES PLAISIRS MINUSCULES (prix Grandgousier 1997), (collection L'Arpenteur).

LA SIESTE ASSASSINÉE (collection L'Arpenteur ; Folio n° 4212).

LA BULLE DE TIEPOLO (collection Blanche ; Folio n° 4562).

DICKENS, BARBE À PAPA ET AUTRES NOURRITURES DÉLECTABLES (collection L'Arpenteur).

Gallimard Jeunesse

ELLE S'APPELAIT MARINE (Folio junior, n° 901). Illustrations in-texte de Martine Delerm. Couverture illustrée par Georges Lemoine.

EN PLEINE LUCARNE (Folio junior, n° 1215). Illustrations de Jean-Claude Götting.

Dans la collection Écoutez lire

LA PREMIÈRE GORGÉE DE BIÈRE ET AUTRES PLAISIRS MINUSCULES (2 CD).

DICKENS, BARBE À PAPA ET AUTRES NOURRITURES DÉLECTABLES (1 CD).

Aux Éditions du Mercure de France

IL AVAIT PLU TOUT LE DIMANCHE (Folio, n° 3309).

MONSIEUR SPITZWEG S'ÉCHAPPE (Petit Mercure).

MAINTENANT, FOUTEZ-MOI LA PAIX !

Aux Éditions du Rocher

ENREGISTREMENTS PIRATES (Folio n° 4454).

LA CINQUIÈME SAISON (Folio, n° 3826).

UN ÉTÉ POUR MÉMOIRE (Folio, n° 4132).

LE BONHEUR. TABLEAUX ET BAVARDAGES (Folio, n° 4473).

LE BUVEUR DE TEMPS (Folio, n° 4073).

LE MIROIR DE MA MÈRE, en collaboration avec Marthe Delerm
(Folio n° 4246).

AUTUMN (prix Alain-Fournier 1990), (Folio, n° 3166).

LES AMOUREUX DE L'HÔTEL DE VILLE (Folio, n° 3976).

MISTER MOUSE OU LA MÉTAPHYSIQUE DU TERRIER,
(Folio, n° 3470).

L'ENVOL.

SUNDBORN OU LES JOURS DE LUMIÈRE (prix des Libraires
1997 et prix national des Bibliothécaires 1997), (Folio n° 3041).

PANIER DE FRUITS.

LE PORTIQUE (Folio, n° 3761).

Aux Éditions Milan

C'EST BIEN.

C'EST TOUJOURS BIEN.

Aux Éditions Stock

LES CHEMINS NOUS INVENTENT.

Aux Éditions Champ Vallon

ROUEN, collection « Des villes ».

Aux Éditions Flohic

INTÉRIEUR (collection « Musées secrets »).

Aux Éditions Magnard Jeunesse

SORTILÈGE AU MUSÉUM.

LA MALÉDICTION DES RUINES.

LES GLACES DU CHIMBAROZO.

COLLECTION FOLIO

Composition Graphic Hainaut
Impression Novoprint
à Barcelone, le 17 mai 2007
Dépôt légal : mai 2007

ISBN 978-2-07-034476-5./Imprimé en Espagne.